야트막한 동산에 올라

80년 세월에 부치는 글

야트막한 동산에 올라

80년 세월에 부치는 글

초판 1쇄 인쇄 2023년 4월 2일
초판 1쇄 발행 2023년 4월 8일

글쓴이 민충환
펴낸이 강정규
펴낸곳 시와동화

등록번호 제2014-000004호
등록일자 2012년 6월 21일

주소 경기도 부천시 소사구 성주로 86-4, 104동 402호(송내동 현대아파트)
전화 032-668-8521
이메일 kangjk41@hanmail.net

ISBN 978-89-98378-60-8 03810

야트막한 동산에 올라

80년 세월에 부치는 글

민 충 환

시와 동화

解題

표제어 『야트막한 동산에 올라』는, '야트막한 동산에 올라 그간 살아온 내 삶을 되돌아본다'는 말의 준말이다. 여기에서 '야트막한 동산'이란 그간 내가 이룬 작은 문학적 성취 내지 삶의 족적을 비유한 말이다. 이 말 속에는 백두산, 한라산은 차치하고 서울의 남산이나 인천의 주산인 계양산은 언감생심 꿈도 못 꿀 일이라 하더라도 내가 지금 살고 있는 부천의 원미산 정도는 되었으면 하는 간절한 소망을 담고 있다.

 님께

귀하께서는 제 인생에 음양으로 많은 도움을 주셨습니다.

그 덕택으로 부족한 제가 이만큼이나마 살아왔지 싶습니다.

8旬을 맞아 감사의 뜻으로 소책자를 드립니다.

2023년 4월 8일

머리말

　나이는 숫자에 불과하다지만 여든 살은 결코 적은 나이는 아니다. 한국인의 기대수명에 비춰보아 이승과 작별해야 할 시간이 그리 많이 남았다고 할 수 없기 때문이다. 해서 정신이 좀 말갈 때 평소 남기고 싶었던 얘기를 정리해 둘 필요가 있지 않을까 한다.

　이 글은, 정년퇴임 이후에 쓴 소품 중에서 학술적 내용이 비교적 덜한 생활 단상을 집필 순으로 늘어놓았던 것인데 최미아 선생이 '문학 이야기', '가족 이야기', '이웃 이야기' 셋으로 나누어 정리해 주었다.

　지난 세월을 되돌아보면 실수투성이에 못난 짓만 일삼았지만 요행 인복은 타고나서 만났던 모든 사람들이 어여삐 보아주고 너그러이 감싸주었다. 여기에 더하여 할머니의 지극한 치성(致誠)이 있었다.

　할머니는 집에서 30여 리나 떨어진 청량사에 자주 가서서 집안의 평안과 내가 잘 되게 해달라고 부처님께 비셨다.

　돌아가신 지도 50년이 더 되는데 내가 이 만큼이나 살게 된 게 그때 할머니의 비손과 할아버지의 지극한 장손 사랑 덕택이라는 생각이 요즘 부쩍 들게 된 연유는 웬일일까.

오늘 아침 밥상을 바라본다. 오이지는 정 선생이, 두릅장아찌는 강화도의 신 선생이, 무짠지는 문 선생이, 감자는 귀남 씨가 그리고 아삭이고추는 은영 어머님이 각각 갖다 주신 것이다.　한끼 밥상도 이렇듯 많은 분들의 도움으로 이루어졌거늘 그간 80 성상 내 삶은 어떻겠는가. 감사, 감사, 또 감사할 따름이다.

　　주위의 고마운 이런 분들을 위해 그동안 살아온 보고서 하나쯤 있어야겠다는 생각에서 이 작은 책자를 엮게 되었다.

　　끝으로, 부족한 내용을 요모조모로 손보아 값진 책으로 만들어 주신 강정규 선생님과 안금자·강향숙님께 깊은 감사를 드린다.

2023. 4.

민종환

차례

나. 가족 이야기

다. 이웃 이야기

발문

강정규(원로작가)

가. 문학 이야기

마지막 강의를 끝내고

제가 교단에 처음 서게 된 것은 지난 1977년 3월, 부천대학의 전신인 '소사공고' 때부터입니다. 그 뒤 1979년 3월 부천대학으로 옮겨오면서 학보사와 학생회 문예부를 지도하는 한편 '교양국어'를 강의하기 시작했습니다.

그간 제가 한 일을 개략적으로 정리해 보면,

첫째로, 이태준 연구를 통해서 오랫동안 금기시했던 월북작가를 해금하는 데에 자그마한 자국길(걸어간 발자국이나 알아볼 정도로 나 있는 오솔길) 하나를 냈습니다.

두 번째로, 임꺽정·이문구·송기숙·박완서 소설어사전을 출간하여 어휘 연구의 폭을 넓혔습니다.

세 번째로, 흩어져 있는 자료를 수집하여 『계용묵전집』·『한흑구문학선집』·『수주 변영로시전집』을 발간하여 한국문학 연구의 기초를 다지는 일들을 하였습니다.

그만한 일을 하는 데에도 재주가 미욱한 탓에 힘이 많이 들었습니다. 그러나 꾀피우지 않고 열심히 했다는 점만은 감히 말씀 드릴 수 있습니다. 방학 때도 한번 쉬어 보지 못하고 연구실에서 살았습니다. 이 때문에 내조하는 아내와 자식들에게는 0점짜리 남편, 아비가 되었지만 그 덕택으로 몇 권의 책도 낼 수 있었습니다.

　　여기에서 한 가지 덧붙여 말할 것은 이 같은 성과물을 내게 된 것은 제가 뛰어나서가 아니라 너무 부족한 사람이기 때문에 가능했다는 점입니다. '콤플렉스도 힘이 된다', 즉 열등감을 오히려 자기를 분발시키는 원동력으로 삼아 배전의 노력을 기울일 수 있었다는 사실입니다. 여러분도 천천히 그러나 쉬지 말고 각자의 길에 정진해 주시기 바랍니다.

　　제 강의는 재미없고 따분했으리라 믿어집니다. 그러나 제가 전달하고자 했던 행간의 의미 즉 꾸준한 노력 그리고 목표를 향한 열정만큼은 기억해 주기 바랍니다.

　　그간 고마웠습니다. 늘 밝고 건강하시기를 기원합니다.

　　안녕히 계십시오.

(2010. 6. 9.)

심야의 환담

    지난 5월 30일 제22회 오영수 문학상 시상식이 울산 롯데호텔에서 성대히 거행되었다. 이 행사장에서 내가 엮은 『어휘풀이로 읽는 오영수 소설 사전』이 참석자들에게 배포되었다. 시상식을 마치고 늦은 시간 KTX편으로 집에 돌아오는 차내에서 이번 문학상 심사를 맡았던 김원우 선생과 동석하게 되어 뜻있는 대화의 시간을 가졌다.

    "어떻게 소설어 작업을 시작하게 되었습니까?"

    선생이 물었다.

    벽초 홍명희의 『임꺽정』에 나오는 어휘를 조사할 때였다. 어느 날 뜻밖에 한 일본인 교수로부터 편지를 받았다. 내가 지금 하고 있는 작업에 대한 소문을 들었다며 『임꺽정』에 나오는, '콩을 심으며 가다'가 무슨 뜻의 말인지 알려달라는 내용이었다.

이 말은, 어느 날 오랫동안 소식도 없이 객지에서 떠돌던 박유복이가 홀연히 꺽정이 집에 나타나서 섭섭이의 손을 잡고 반기는 것을 보고 팔삭동이가 이 사람 저 사람에게 수선을 떠는 대목(제4권)에 나오는 관용구이다.

그때 각종 사전을 찾아가며 겨우겨우 『임꺽정』을 읽어가던 나는 이 편지를 받고 매우 큰 충격을 받았다. 외국인이 우리 소설에 나타난 관용어에까지 그렇게 깊이 관심을 가지고 있다는 놀라움에서였다. 우여곡절 끝에 그 말은 '다리를 절름거리며 걸어가다'는 뜻임을 알아내어 일본어 교수에게 답장을 보내고 나는 한 귀한 깨우침을 얻게 되었다.

이 일로 작품 속 개인적 어휘 같은 어려운 뜻은 생전에 필자에게 직접 물어 확인·정리해두어야 하겠다는 강력한 필요성을 느꼈다.

그로부터 중요작가에 대한 소설어 탐색작업을 펼치게 되었다. 그리하여 정성을 다해 지도해주신 이문구, 송기숙, 박완서 선생님에 대한 소설어 사전을 출간할 수 있었다. 그러나 북한작가 홍석중, 그리고 김주영, 윤흥길 선생에 대한 작업은 완료했으나 최종적으로 작가들의 도움이 없어 햇빛을 보지 못하였다.

"아, 그랬군요. 그렇다면 이번 오영수 선생님에 대한 작업은?"

선생의 두 번째 질문이었다.

이 질문에 대해서 '어머니의 빈젖' 얘기를 소상히 들려주었다.

2010년 정년퇴직을 하면서 아끼던 장서 만여 권을 학교에 기증하고 나뭇잎을 떨군 '나목'이 되어 집으로 돌아왔다.

여생은 그간 뒷바라지하느라 애쓴 아내를 위해 산천경개가 좋은 곳을 찾아 유람하면서 한유하게 지내리라 다짐했다. 설악산 오색에 있는 주전골을 거닐고 강진에 묵으며 남도의 이곳저곳을 찾아다니고…그렇게 이 년여를 보냈다.

그러나 배운 도적질이라고 내 머릿속에는, 또 어느 작가를 선택하여 '소설어 작업'을 전개할 것인가 하는 생각으로 들끓고 있었다. 불처럼 일어나는 이 생각을 진정시키기 위해서 새벽마다 미사에 참례하고 가학적으로 성경 필사를 도모했지만 나는 착실한 신앙인은 못되고 어쩔 수 없는 '학구(學究)'였다.

문제작가만 고집하던 종래 태도와는 달리 이번에는 편안히 독서할 수 있는 작가가 좋겠다는 생각이 들었다. 그러면서 수필처럼 쉽게 읽히지만 만만찮은 주제를 담은 소설, 그런 작품을 쓴 작가가 누구일까?

한국문학의 거대한 숲속을 헤집고 다니다가 이윽고 오영수의 「노을」을 보게 되었다.

어머니는 봉태기(가는 새끼로 짠 소쿠리)에 늦열이의 참외를 한 봉태기 고개가 휘도록 받아 이고 두메산골로만 한집 두집 찾아다니면서 보리쌀과 바꿨다. ………〈중략〉………

어느날인가는 산골 물이 하도 맑고 목이 타기에 봉태기를 내려놓고 손바가지로 물을 먹고 가슴을 헐고 얼굴을 씻고 발을 씻고 비로소 등에서 엿가락처럼 늘어진 나를 앞으로 돌려 젖을 물렸단다.

한 방울도 나오지 않는 빈젖을 빨다가 보채다가 그래도 그것이 그렇게도 좋았던지 손으로 어머니 가슴을 꼬작거리고 헤죽헤죽 웃기도 했단다.

여기에서 '빈젖' –그 많던 자식들이 아귀같이 빨아먹어 이제는 나오지 않고 쭈글쭈글해진 젖– 을 보면서 불현듯 치매로 요양병원에 장기입원중인 어머니의 얼굴이 겹쳐지며 내가 찾던 작가가 이 사람이라는 생각이 번뜩 들었다.

지난 4월 '하우고개' 수필동인과 함께 여행을 다녀오는 차 안에서였다.

"오영수 선생이 책을 몇 권 냈어요?"

옆자리에 앉은 이화윤 선생에게 스마트폰으로 검색을 의뢰했더니 이내 "일곱 권이예요." 하고 대답했다.

'일곱 권이라… 자, 이제부터 시작이다!' 나는 혼잣말로 중얼거렸다.

다음날부터 오영수 작품 수집에 돌입하였다. 집의 책을 살펴보니 첫 단편집인 『머루』와 『수련』 두 권이 그리고 강정규 선생님댁에는 『갯마을』이 있었다.

구자룡 선생에게 인터넷 헌책방을 물색하여 매물로 나온 책을 조사해 달랬더니,『황혼』3만 원,『잃어버린 도원』2만 원,『명암』
과『메아리』는 각각 5만 원이라는 답이 왔다.

앞으로 또 책을 샀다가는 집에서 쫓아낸다는 아내의 엄명(?)을
들어서이기도 하지만 지금 내 형편에 거액 지출은 어려워 가격이
비교적 헐한 두 권만 사고 값비싼『명암』과『메아리』는 도서관 소
장본을 이용하기로 했다.

자료수집 과정에서 '한흑구' 때처럼 묘한 우연을 또 경험하게 되
었다. 오영수 작품 중 특히 사회적으로 큰 물의를 일으켰던「특질
고」를 보았으면 했는데 때마침 중동역 앞의 한 고서점에 그 작품
이 수록된《문학사상》이 나를 기다리고 있었다.

그간 수집한 한 아름의 자료를 끌어안고 내 방에 틀어박혀 오랫
동안 두문불출 작업에 매진하였다. 이 일 때문에 '맨날 공부만 한
다'고 아내로부터 심한 눈치와 타박을 받아야 했는데 그때마다 손
을 싹싹 빌며 '마지막 작업'임을 거듭거듭 다짐해야만 했다.

이렇게 해서 1년 만에『어휘풀이로 읽는 오영수 소설 사전』(울산
매일신문사, 2014) 작업을 마쳤다.

이번 일 또한 누군가로부터 의뢰를 받아서 한 것이 아니고 아내
말마따나 제 좋아서 한 일이라 또 책의 출간을 걱정해야 했다.

곰곰이 궁리해 보니, 2014년이 마침 오영수 탄생 100주년이 되
는 해라 매년 기념사업을 추진해온 대산문화재단이나 오영수문학
상추진위원회에 얘기해 봄직하였다.

먼저 대산문화재단을 찾아가 협조를 구하는 한편, 오영수문학상을 운영하는 울산매일신문사의 김병길 주간 앞으로 원고를 우송했다.

그로부터 사흘 뒤 백시종 소설가로부터 전화가 왔다. 그는 김병길과 함께 오영수문학상 공동 추진위원장이었다.

"오영수 선생을 위한 큰일을 하셨다고요?"

"네, 조그만 일을…."

나는 작은 목소리로 대답했다.

"책을 내시자는 것인데 그렇다면 선생의 조건은…?"

"조건요? 그런 것 없습니다. 책을 잘 만들어서 후학들에게 도움이 되었으면 할 뿐. 그런데 한 가지 부탁은 내 일을 하는 데 도와준 사람들이 많아 그분들께 드릴 책은 좀 주셨으면 합니다."

"물론이죠. 그리고 책은 잘 만들 것입니다. 제게도 원고를 보내주십시오."

이내 핸드폰에 백시종 선생의 주소지가 문자로 찍혔다. 경기도 양평군 강하면….

순간, 나는 시원한 맥주 한 잔 마시고 싶다는 강렬한 갈증이 일었다.

"선생님이 하시는 이 작업의 의미는 뭐라고 생각하십니까?"

선생의 세 번째 물음이었다.

－우리는 모르는 말의 뜻을 알기 위해 국어사전을 펼친다. 그런데 사전에 풀이된 내용이 미흡하여 정확한 말의 뜻을 헤아리기가 어렵다. 소설에 나오는 좋은 문장을 예문으로 달아놓는다면 속 깊은 의미도 쉽게 이해하게 될 뿐만 아니라 이를 통해 작문 학습에도 크게 도움이 되리라고 믿어진다. 그래서 먼 훗날 간행될 열 권쯤 되는 우리말 큰 사전에 사용될 어휘와 좋은 예문을 지금부터 꼼꼼히 정리해두어야 한다. 특히, 주요작가들이 타계하기 전에 그들의 작품 속에 나오는 어휘의 분명한 의미를 파악하여 정리해 놓는 일이 무엇보다 시급한 과제가 아닐 수 없다. 역사서에 쓰일 사초(史草) 정리 같은 일을 그간 지속적으로 추진해왔다고 하겠다.

이윽고 열차가 서울역에 도착하였다. 자정이 가까운 깊은 밤이었다.

"선생님과의 유익한 대담이었습니다. 안녕히 가십시오."

우리는 역 광장에서 총총히 헤어졌다.

《저작인(著作人)》 제96호 (2014. 7. 1.)

오줌싸개 지도

이천명 선생이 연변을 다녀온 뒤 그곳에서 샀다는 시집 한 권을 선물로 주었다. 윤동주의 『하늘과 바람과 별과 시』(흑룡강조선민족 출판사, 2002)였다. 반가운 마음으로 책을 펼치니 「오줌싸개 지도」 가 제일 먼저 눈에 들어왔다.

바줄에 걸어논/ 요에다 그린 지도
간밤에 내 동생/ 오줌싸 그린 지도

우에 큰것은/ 꿈에 본 만주땅
그 아래 긴것은 우리땅

예전에 읽었던 기억과 달라 고개를 갸우뚱하며 서가에 꽂혀 있 는 정음사판 『하늘과 바람과 별과 시』를 뽑아들었다.

빨래줄에 걸어논/ 요에다 그린지도
지난밤에 내동생/ 오줌싸 그린지도

꿈에 가본 엄마계신/ 별나라 지돈가?
돈벌러간 아빠계신/ 만주땅 지돈가?

예상대로 제2연의 내용이 딴판이었다. 이게 도대체 어떻게 된
일인가 싶어 '부천터미널 소풍' 지하에 있는 '경인문고'로 달려갔
다. 거기에 『정본 윤동주 전집』(문학과지성사, 2004)이 나를 기다리
고 있었다.

밧줄에 걸어 논/ 요에다 그린 지도는
간밤에 내 동생/ 오줌 싸서 그린 지도

위에 큰 것은/ 꿈에 본 만주 땅
그 아래/ 길고도 가는 건 우리 땅

윤동주 시의 정본이라면 정음사에서 나온 『하늘과 바람과 별과
시』라고만 굳게 믿고 있었다. 그런데 그 책을 낸 정음사는 이미 오
래전에 없어졌고, 『정본 윤동주 전집』이 나온 지도 어언 10년이
넘었다는 것이다.

우물 안의 개구리처럼 바깥 세계에 문 닫고 나는 그간 무엇을 했
던가.

(2015. 2. 26.)

60년만에 다시 만난 동화

1954년 국민학교(현재의 초등학교) 4학년이 되자 부모님은 나를 집에서 20여 리나 떨어진 서울 종암국민학교로 전학을 시켰다. 지금 다니는 장위국민학교를 졸업해서는 명문중학교에 진학할 수 없다는 이유에서였다.

종암국민학교는 학생수가 5천 명이나 되는 굉장히 큰 학교였고, 한 학급도 60명이 넘는 콩나물 교실이었다.

나는 공부도 별반 못했고 친구들과도 어울리지 못하고 교실 한 켠에 외톨이로 지내는 그야말로 '존재없는' 학생이었다. 그런 중에서도 학교 스피커에서 동화를 들려주는 시간만큼은 귀를 쫑긋 세우고 흥미로워했다.

상자곽 모양의 스피커는 교실 칠판 옆 천장에 높이 달려있었다. 비가 와 운동장 조회를 할 수 없을 때에는 여기에서 흘러나오는 선생님의 구령에 맞춰 국기에 대한 경례도 했고 애국가 제창도 했다.

그 스피커에서 매주 한번씩 동화가 흘러나왔다.

임금님에게는 후사를 이을 자식이 없었습니다. 임금님은 날마다 이 일로 걱정이 태산이었습니다. 그의 신하들 중에도 믿을만한 사람이 하나도 없었습니다.

어느 날 임금님은 신하들을 불러 모아놓고, 이 나라 모든 아이들에게 이 꽃씨를 나누어 주어 그중 제일 예쁜 꽃을 피운 아이를 자식으로 삼겠다고 선언했습니다.

꽃씨를 받아든 전국의 아이들은 꽃을 피우기 위해 서로 경쟁을 벌였습니다.

산골에 사는 소녀도 화분에 열심히 물을 주고 돌보았는데 꽃은커녕 새싹조차 돋아나지 않는 것이었습니다.

결전의 날, 소녀는 임금님 앞에 빈 화분을 들고 서서 안절부절못하였습니다. 다른 아이들은 저마다 아름다운 꽃을 가득 피웠는데 자기만 임금님의 명령을 어긴 죄인이 된 것 같아서였습니다. 이윽고 최종적인 결과가 발표되었는데, 승자는 다름 아닌 산골 소녀였습니다.

동화는 여기에서 다급히 중단되었다. 1교시 수업시간이 다 되었기 때문이다.

나는 어떻게 해서 아무런 꽃을 피우지 못한 산골 소녀가 우승자가 되었을까를 궁금히 여기며 오랜 세월 살아왔다.

그러다가 엊그제 『싹이 트지 않아요』[1]라는 손자의 동화책을 보게 되었다.

---

1) 원작 중국 설화, 김진락 지음, 『싹이 트지 않아요』(비라미디어, 2005)

"내 뒤를 이어 왕이 될 아이는… 바로 너다!"

임금님은 산골 소녀를 가리켰습니다. 모두들 깜짝 놀랐습니다.

"사실 내가 나눠 준 씨앗은 볶은 씨앗이었다. 꽃을 피울 수가 없는 것이었지. 다른 아이들은 내가 준 씨앗이 아니었어."

아, 이것은 내가 국민학교 4학년 조회시간 때 채 듣지 못했던 그 얘기의 결말이 아닌가?

나는 놀라움을 금할 수 없었다. 한편으로 내가 꿈꾸었던 작가가 되지 못했던 이유를 확연히 깨닫는 계기가 되었다.

작가가 될 사람은 모름지기 상상력이 풍부해야 할 터인데 지금 껏 임금님이 내린 씨앗이 볶은 씨앗일 것은 꿈에도 생각지 못했기 때문이다.

60여 년만에 그 동화를 새로이 보며 새삼 내 아둔함을 통탄해 마지않았다.

(2015. 4. 17.)

안중근공원에서

안중근 의사 동상은 역사적 의거 현장인 중국의 하얼빈 중앙대가에 2006년 1월 16일 세웠다가 11일만에 실내로 이전 보존하였다.

우국충정으로 동상을 제작했던 안중근 의사 동상건립위원회 이진학 회장이 2009년 10월 12일 '안중근평화재단 청년아카데미'를 통해 부천시에 기증했다.

부천시는 중동공원을 '안중근공원'으로 그 명칭을 변경하고 안중근 의사 의거 100주년 기념으로 안중근 의사의 민족정신을 널리 알리기 위해 이 자리에 동상을 세우다.

2009. 10. 26.

동상 전면에 부착된 동판에는 동상을 부천에 세우기까지의 경과와 공원의 내력이 상세히 기록되어 있다.

나는 인근 아파트에 사는 관계로 현대백화점과 터미널 소풍 사이에 자리한 이 공원에서 자주 산책을 한다.

國家安危 勞心焦思
一日不讀書口中生荊棘
見利思義見危授命

　우리가 그간 익히 보아왔던 10여 개의 글귀들이 거대한 돌에 조각되어 위용을 뽐내며 우뚝우뚝 서 있다.
　'대표적인 것만 한두 점 할 것이지 이렇게 많이 세울 건 또 뭐람…'
　나는 속으로 중얼거리며 그 앞을 무심히 지나치곤 하였다. 그러다가 안의사의 일대기를 쓴 이문열의 소설 『불멸』을 읽고는 생각이 달라졌다.

　지바 도시치는 일본군 헌병 상등병으로서 하얼빈에서부터 안중근을 호송하는 임무를 받고 따라왔다가 여순 형무소 간수로 눌러앉게 된 사람이었다…
　지바가 잠시 머뭇거리더니 품에서 흰 천 한 폭을 꺼내 들었다.
　"안 선생, 여기 비단 한 폭을 준비했으니, 저를 위해 무언가 한 구절 써주시지 않겠습니까? 사형선고를 받으시고도 태연자약하게 감옥 안 여러 사람들에게 휘호(揮毫)를 써 주시는 모습이 실로 천신(天神)과 같았습니다."
　그러나 안중근은 지바에게 호감을 느끼긴 해도 그날은 별로 글을 쓰고 싶지 않아 미루어 두었는데, 사형 집행일 아침 당직인 그를 보고서야 그 일을 떠올린 것이었다.

　위국헌신군인본분(爲國獻身軍人本分)

안중근은… 지바가 두고 간 흰 비단에 그 한 줄을 단숨에 쓰고 '대한국인 안중근'이란 서명과 함께 단지동맹 때 무명지가 잘려나간 왼손 바닥을 먹물에 찍어 낙관을 대신했다.

爲國獻身軍人本分, 이 글씨가 안의사가 순국한 1910년 3월 26일 바로 그날 아침에 쓴 것이라는 사실을 알고부터 그 앞에서 절로 옷깃이 여며지고 경건한 마음이 들었다.

그다음으로, 소설에서 내 눈을 끈 것은 다음 내용이다.

그때 여순 지방법원 재판정에는 진작부터 와 있던 안병찬 외에 한성 변호사회에서 파견된 변영만이라는 한국인 변호사가 더 있었고… 하지만 변론이 허용된 것은 일본의 국선변호인 가마타 세이지와 미즈노 기치타로뿐이었다.

부천의 선양인물 가운데 수주 변영로가 있다.
중국 당나라 때 문장가 삼소(三蘇)를 본떠 변영로 삼형제를 일러 '삼변(三卞)'이라 했다.
장남 변영만은 법조인이자 한학자였고, 둘째 변영태는 외무부 장관과 국무총리를 지낸 정치가였고, 셋째 변영로는 시인이자 교육자였다.
변영만은 안의사를 변호·구명하기 위해 한성변호사에서 하얼빈으로 급파되었다. 그는 허위단심 현지로 달려갔지만 일제의 반대로 뜻을 이루지 못하고 재판정에서 일본 국선변호인의 궤변을 처연히 들어야만 하였다.

변영만에 대한 또 다른 행적을 확인하고는 '부천인(富川人)'으로서 더욱 반가웠다.

오늘도 안중근공원의 내 산책길은 가슴이 뜨겁다.

(2011. 10. 23.)

박완서 선생님을 추모하며

헛꿈

중앙공원을 산책하다가 이곳저곳에 흐드러지게 피어있는 능소화를 보았다. 그 순간 박완서 선생님 댁 담장에 피었던 그 꽃이 생각났다.

연전에 『박완서 소설어 사전』을 준비하느라고 선생님 댁 능소화가 세 번이나 피고 지는 동안을 들락거린 적이 있었기 때문이다.

그때는 체리가 지금처럼 흔하지 않은 때였다. 선생님 댁에 가는데 빈손으로 갈 수는 없어서 백화점 식품부에 들렀더니 여점원이 마침 그 과일을 권하는 바람에 한 바구니를 샀다. 선생님은 당신께서 제일 좋아하는 과일이라며 반겨 하셨다. 그래서 구리에 있는 선생님 댁에 갈 때마다 체리를 들고 갔다.

한번은 우리 문학회에서 선생님을 문학강연 연사로 초청하였다. 선생님은, 전철을 타고 신길역까지 올 터이니 거기에서 부천까지는 데려다 달라고 하셨다. 몇몇 사람과 함께 신길역에 마중을 나갔다. 선생님은 전철표를 내고 밖으로 나오셨다. 이 모습을 보고, 노인에게 나오는 무료승차권이 없으시냐고 물었더니 "저처럼 돈 버는 사람은 차비를 내고 타는 게 맞죠." 하시며 조용히 웃으셨다.

오늘 아침 신문은 그리스 사태 기사로 온통 도배가 되어 있었다.

벼랑끝 그리스 "죽느냐 사느냐."
지원금 300조원도 탕진… "공짜복지 좋아하다 이 지경까지."

"본 의원은, 수입이 많은 노인들은 전철을 유료화하는 이른바 '박완서법'을 발의하는 바입니다. 우리 손자들의 행복한 내일을 위하여!"

한 모임에서 점심을 잔뜩 먹었더니 낮잠이 슬몃 들어 객쩍은 헛꿈까지 꾸었다.

(2015. 7. 3.)

'작은 보석'을 위하여

아침 신문을 보다가 문득 "이 작품, 꼭 사야한다… 1년 예산 올

인한 시골미술관"이란 제하의 신문기사에 눈이 멎었다.

지난 달 박수근의 1950년대 중반에 그린 〈나무와 여인〉이 경매시장에 매물로 나왔다. 박수근 이름을 딴 미술관으로 적어도 이 작품은 있어야 했으나 문제는 돈이었다. 27×19.5cm짜리 손바닥만한 그림 한 점에 강원도 양구(楊口)의 1년치 구매예산을 몽땅 부어야 할 형편, 그러나 군수 및 군의원 등 모든 공무원이 지역 발전을 위해 이 그림이 꼭 필요하다며 만장일치로 승인을 했고, 소장가 또한 '많은 사람이 볼 수 있기 바란다'며 1억원 넘는 통큰 할인을 약속, 마침내 미술관은 그 작품을 손에 넣을 수 있었다는 내용이었다.

미술 애호가도 아닌 내가 이 기사에 특히 관심을 갖게 된 이유는 이 그림이 소설가 박완서 선생과 깊은 연관이 있기 때문이다.
박완서는 1951년 11월 경부터 1953년 초까지 미군 PX 초상화부에서 일한 적이 있었는데 거기에서 화가 박수근을 만났다.
그때 박완서는 지나가는 어리숙한 미군을 골라잡아 아내나 애인의 초상화를 그리도록 하는 호객꾼 노릇을 하였다. 이렇게 맡은 일감을 이번에는 다섯 명의 간판장이들에게 주어 그리게 했는데 박수근은 그중 하나였다.
양가집 처녀에다 서울대 학생인 그녀로서는 콧대가 높을대로 높아 아버지뻘 되는 환쟁이들을 마구 하대하고 버릇없이 굴었다. 그러다 그 간판장이 중에 진짜 화가가 있다는 사실을 알고부터 세상을 달리 보게 되면서 박수근과 자연스럽게 가까워졌다.

박완서는 그를 통해 전운(戰雲)이 감도는 불안한 시대의 터널을 큰 위로를 받고 무사히 지날 수 있었다.

훗날 박완서는 박수근과의 만남을 소설로 써서 이 시대를 대표하는 작가로서의 출발을 알렸는데 그 소설이 바로 「나목(裸木)」이었다.

박완서의 마지막 산문집 『못 가본 길이 더 아름답다』에 이런 내용이 나온다,

이번 현대화랑에서 열리는 박수근 회고전에서 제일 먼저 내 눈에 들어온 것도 나에게 소설 「나목」을 쓰게 한 그 〈나무와 여인〉이었다. 그건 작지만 보석처럼 빛나며 내 눈을 끌어 당겼다. 전시회는 국민화가라는 애칭, 존칭에 걸맞게 대성황이었다. 못 보던 대작도 많았지만 나는 좀처럼 나의 작은 보석 앞을 떠나지 못했다.

지긋지긋한 코로나19 사태가 진정되고 우리의 삶이 제 자리를 되찾아가게 된다면 나는 만사 젖혀놓고 제일 먼저 박완서 선생이 말씀한 '작은 보석'을 보기 위해 양구로 달려갈 것이다.

(2020. 3 . 31.)

追記

　내가 박완서 선생에 대해서 관심이 가는 이유는, 선생의 작품에 나타난 주요어휘를 조사하느라고 3년간 아치울 댁을 드나들었던 과거의 인연 때문이었다. 선생에게 박수근의 그림을 소장하고 계시냐고 물은 적이 있었는데 선생은, 그때 미군들이 '빠꾸 놓았던' 초상화 한 점이라도 갖고 있다면 지금 부자가 되었을 텐데 하고 조용히 웃으셨다.

　밝은 미소 띤 선생의 모습이 못내 그립다.

'해산바가지'를 보고

　① 지난 4월 16일 서울 종로구 영인문학관에서 박완서 타계 10 주기 전(展)이 열렸다. 이 행사에서는 선생의 육필 원고와 편지·소지품·사진 등이 전시되었는데 이중에서 특히 내 눈을 끈 것은 작품의 모티브가 되었던 실제 해산바가지였다. 오래전에 읽었던 「해산바가지」에 대한 감흥이 컸던 때문이었다.

　소설 「해산바가지」는 1985년 6월 《세계의문학》에 발표했던, 단편으로서는 분량이 많은 작품인데 개략적인 내용은 다음과 같다.

　시어머니는 내가 딸을 내리 넷이나 낳았음에도 싫은 내색 하나 않으시고 그때마다 지극정성으로 구완해 주셨다. 외아들을 둔 홀시어머니에 대한 사람들의 편견을 여지없이 무너뜨렸던 그분은 사람을 성별의 구별 없이 하나의 온전한 인격체로 대접해 주셨다.

그랬던 분이 만년에 노망이 나서 우리의 잠자리를 창호지를 뚫고 훔쳐보기도 하였다. 그런 시어머니를 모시고 살면서 친척들에게 착한 며느리 소리를 듣자니 생활이 여간 힘든 게 아니었다. 자연 신경안정제를 복용하고 정신과 치료를 받기에 이르렀다.

급기야 나는 남편, 친척들과 상의하여 시어머니를 요양병원에 모시기로 합의하였다. 장소를 찾아나서던 중 한적한 시골 구멍가게에서 탐스런 박을 보는 순간 시어머니가 해산바가지를 마련하여 정성스레 산바라지를 했던 옛 기억을 떠올리게 된다. 그러면서 잠시나마 시어머니를 혐오하고 경원시했던 자신을 탓하고 요양병원으로 모실 계획을 취소한다.

그날 이후부터 나는 효부의 너울을 벗어버리고 마음껏 못된 며느리 노릇을 하면서부터 신경안정제가 필요 없게 되었다. 그렇게 시어머니는 3년 더 사셨고, 돌아가실 때에는 평화롭고 순결한 얼굴이었다. 그런 모습을 내가 만들어드린 양 나는 성취감에 도취했었다.

[2] 『박완서 소설어 사전』 작업을 할 때였다. 선생의 소설을 읽으며, 그때 치매에 걸린 노모님을 모시고 살 때여서 그랬는지 「해산바가지」가 유독 가슴에 와 닿아 한밤중에 선생님께 전화를 걸었다.

―「해산바가지」를 읽고 크게 감동하였다. 이렇게 좋은 작품을 쓴 작가인 줄 미처 몰라뵈어 죄송하다. 작품을 위해서라도 오래오래 사십시오.

두서없이 대충 그런 이야기를 하였다. 그 뒤 무슨 일이 있어 선

생님께 또 다시 전화를 할 일이 있었는데 말말끝에,

－웅진출판사에서 간행된『박완서 문학앨범』에 실린 자선대표작이 초판에는「그 가을의 사흘 동안」이었던 것이 재판(再版)에서는「해산바가지」로 바뀌었다. "왜 그렇게 됐죠?" 하고 여쭈었더니, "선생이 전에 좋다고 말씀하셨잖아요." 하시는 게 아닌가,

"세상에, 대작가가 변변치 않은 내 얘기까지 귀담아 들어주시다니!"

나는 나이도 잊은 채 학동처럼 크게 감격해 마지않았다.

(2021. 4. 28.)

《서울문학》2021년 여름호

명작의 조건

　지난 1월 30일 서울 안국빌딩에서 있었던 〈김동인·김유정·김동리·이태준 단편소설의 현재성〉이란 이남호 교수의 강연을 들었다.

　이 교수는 문학 작품을 만나는 가장 기본적이고 보편적이고 중요한 방식은 문화 향수, 교양 체험의 대상으로 만나는 것이라 하면서 특히 현재성을 강조하였다. 그런 관점으로 앞의 네 작가의 작품을 분석하면서 그중 이태준의 소설을 으뜸으로 꼽았다.

　이태준의 소설들은 '시대를 정직하게 다루면서도 보편성을 착실하게 확보해 두고 있는데 그것은 시대를 넘어서서 현재성의 확보로 이어지고 있기 때문'이라고 그 이유를 설명하였다. 이 교수는 『오늘의 한국소설』, 『옛우물에서 은어낚시』 즉 1980·90년대 한국 단편소설선집 등을 통해 소설을 보는 높은 안목과 깊이가 있는 이로 잘 알려져 있다. 그런 그이가 이태준의 소설 중 '특별히 뛰어난 작품도 아니고 특별히 잘 알려진 작품도 아니지만 개인적으로 좋아하는 작품'으로「철로」,「무연」,「사냥」을 들었다.

이 얘기를 듣고 그간 이태준 연구를 해온 나로서 놀라움을 금할 수가 없었다.

이태준의 대표적인 작품이라면「복덕방」,「달밤」,「농군」,「밤길」아니면「해방전후」를 거론하기 마련인데 위의 작품들은 1940년대 소설로, 나는 『이태준연구』(깊은샘, 1988)에서 '이들 작품은 당대 현실에 접근하는 치열성이 결여되고 수필적 사담(私談)으로 급격히 전환된 태작'이라고 혹평한 바 있었다.

좋은 작품 또는 좋아하는 작품이란 평자들의 논의에서 문제작으로 상찬되는 것과 일치하지 않는 다른 데 요인이 있는 것은 아닌가 하는 우문(愚問)을 해보았다.

명작의 조건은 과연 무엇일까.

(2016. 1. 31.)

'마코' 담배

김소월이 『진달래꽃』 이후에 발표한 작품으로 「돈타령」(1934)이
란 것이 있다.

요 닷돈을 누를 줄꼬? 요 마음.
닷돈 가지고 갑사댕기 못 끊갔네
은가락지는 못 사겠네 아하!
마코를 열 개 사다가 불을 옇자 요 마음.

－수중에 닷돈의 돈이 있다. 이 돈을 가지고 무엇을 할까. 사랑
하는 사람을 위하여 갑사댕기를 끊거나 은가락지를 살 큰돈이 못
된다. 마음에 일어나는 열통이나 가라앉히게 마코나 사다가 피워
야겠다.

이태준의 대표적인 단편소설인 「복덕방」(1937)에도 '마코'가 나
온다.

"오십 전이문 왜 안경다릴 못 고치세요?"

초시는 (딸의 말에) 설명하지 않았다.

"지금 아버지가 좋고 낮은 걸 가리실 처지야요?"

그러나 오십 전은 또 마코 값으로 다 나갔다.

'마코'는 어떤 담배인가. 자료를 찾다보니 때마침 이기영의 장편 소설 「두만강」 제4권에 다음과 같은 내용이 보였다.

그는 담배도 '비둘기'표나 '해태'를 사 피웠다. 그는 '단풍'이나 '마코' 같은 것은 아예 입에 대지 않았다. '해태' 한 갑에는 15전이다. 이런 것을 하루에 한 갑씩만 피운다 하더라도 4원 50전이 아니냐? 그 당시는 4원 50전이면 거의 반달치 학생 하숙비가 된다.

앞의 글을 통해서 '비둘기'와 '해태'는 일제 때 고급 담배이고, '마코'와 '단풍'은 저급 담배임을 알 수 있다.

서두에 인용한 김소월의 「돈타령」은 시인 만년의 경제적 궁핍상을 여실히 보여준 작품이다. 여기에 특히 식민지 시대 최저급 담배인 '마코'를 배치함으로써 그 가난을 극명하게 드러내고자 한 것 같다. 그 시대상 반영과 더불어.

(2016. 2. 14.)

진국

춘의동에서 친구와 술을 한잔 한 뒤 저녁 늦은 시간에 헤어졌다. 나는 지하 역에서 상동으로 가는 전철을 타기 위해 3-3이라 표기된 지점에 서 있었는데 때마침 스크린 도어에 적힌 시 한 편이 눈에 들어왔다.

진국

살아보니 진국이야,
당신같은 부천이야!

- 〈제4회 시(市, 詩)가 활짝〉 공모당선 허윤설

허윤설? 그 이름을 보는 순간 술이 확 깨는 기분이었다. 그녀는 '하우고개' 수필모임에서 나와 함께 공부하는 문학회 회원 아닌가.

소식지를 통해 입상소식을 듣고 궁금했는데 정작 여기서 작품과 대면하게 되니 몹시 반가웠다. 그래서 전화를 걸어 뒤늦은 축하 인사를 전했다.

진국, 그 말을 듣자니까 새삼 이문구 선생이 머리에 떠올랐다.

예전에 이문구 선생과 강정규 선생은 야간대학에서 강의를 끝내고 밤늦게 귀가하는 길에 사당역에서 자주 마주쳤단다. 두 분은 차를 들면서 이야기를 나누었는데 어느 날 이문구 선생이 나를 '진국'이라고 했다고 한다.

'진국(眞-)'은 거짓이 없이 참됨. 또는 거짓이 없이 참된 사람이란 뜻인데 이문구 선생은 나의 무엇을 보고 그렇게 말씀하셨을까.

아마도 그런 사람이 되라고 덕담을 하셨던 것이 분명하다.

연전에 나는 『이문구 소설어사전』을 내기 위해 잠실에 있는 선생 댁을 무려 5년간 드나들며 귀찮은 식객이 된 적이 있었다. 그때 뵌 인상으로 이문구 선생이야말로 '오랫동안 푹 고아서 걸죽하게 된 국물' 바로 그 진국이었다.

세월이 각박해진 탓에 점차 사어화(死語化)되어 가는 이 말을 오랜만에 들으며 잊혀져 가는 명천(鳴川) 선생을 생각하였다. 진한 그리움으로.

(2016. 3. 2.)

부천의 사위

　요즈음 베스트셀러 목록에 올라 있는 이기호의 소설집 『웬만해선 아무렇지도 않다』(마음산책, 2016)에는 '부천'과 관련된 매우 흥미로운 작품이 수록되어 있다.

　전국이 메르스(중동호흡기증후군) 파동으로 초긴장 상태에 놓였을 때였다. 주인공은 외국출장을 마치고 귀국하는 기내에서 아연실색 불안과 공포에 휩싸이는 일을 당하게 된다. 그의 바로 옆 좌석에 앉은 할머니가 몇 번의 잔기침을 한 것까지는 참을 수 있었으나 아주머니와 나누는 대화를 얼핏 엿들은 뒤부터는 다리까지 떨리기 시작하여 급기야 스튜어디스에게 자리를 바꾸어 달라고 요구하기에 이른다. 그의 사정을 들은 스튜어디스가 할머니 좌석쪽으로 다가갔다.

　"할머니 지금 스위스 다녀오시는 길 맞죠? 두바이에서 비행기 갈아타시고."

"응, 우리 아들이 효도 관광 보내줘서. 근데 왜?"

"아니… 이분이 할머니 중동에서 오래 지내셨다고… 그래서 좀 걱정이 된다고 해서….”

"이 할머니 중동에서 오래 산 거 맞아요. 아니, 그걸 어떻게 알았대?"

창가 쪽 아주머니가 말을 보탰다. 스튜어디스가 다시 차근차근 말을 이었다.

"아니, 지금 스위스 다녀오신다면서요?"

"누가 뭐래? 스위스 갔다 오는 거야. 집은 중동이고. 부천시 중동. 나, 거기서 삼십 년 살았는데.”

주인공은 스튜어디스와 눈이 마주치자 얼른 고개를 반대편으로 돌렸다.

「타인 바이러스」는, 서아시아 일대를 이르는 중동(中東)과 부천시 중동(中洞)의 동음이의(同音異義)에서 오는 아이러니를 그린 작품으로, 독자를 폭소의 도가니로 이끈다.

이 작품집에는 소설의 지리적 배경으로 서울을 비롯하여 일산, 시흥, 양평, 장흥 등 여러 곳이 나오는데 특히 부천(앞의 작품 외에 「우리에겐 일 년 누군가에겐 칠 년」에는 어머니가 홀로 사시는 곳으로 나온다.)이 등장하는 데는 남다른 이유가 있지 않은가 한다.

이기호는 2006년 10월 복사골문학회 회원인 김무하 시인의 따님과 결혼하여 슬하에 2남 1녀를 두었다. 이 때문에 부천의 중동도 소상히 알지 않았을까 미루어 추측된다.

　최근 부천에서는 여러 가지 일로 시민들이 의기소침해 있다. 이 때 좋은 소설, 재미있는 얘기 속에 부천을 담아 우리 고장의 위상을 한껏 드높였을 뿐만 아니라 실의한 우리를 위로해 준 작가에게 무한 감사를 드린다.

　부천의 사위, 이기호 파이팅!

《부천작가》 제16집 (2016)

꽃은 웃어도

지난 1994년에 남·북한과 연변의 속담을 아우르는 작업을 한 적이 있었다. 그때 내 눈에 으뜸으로 띈 속담은, '꽃은 웃어도 소리가 없고 새는 울어도 눈물이 없다.'였다. 비록 겉으로 표현은 안 해도 마음속으로는 느끼고 있다는 뜻으로 이르는 말이다.

이 속담은, 남한의 대표적인 속담집인 이기문의 『속담사전』(일조각, 1982 개정판)에는 없고 북한의 『조선속담』(과학·백과사전출판사, 1984)과 연변의 『조선말 속담사전』(연변 인민출판사, 1981)에만 수록되어 있었다.

속담이란, 민중들의 입에서 입으로 전해 내려온 짤막한 경구(警句)인데 어떻게 이같은 높은 수준의 비유말이 생겨났을까. 이는 필시 한시(漢詩)에서 연유된 것이려니 하고 막연히 짐작했었다.

그러구러 20여 년이 지난 2016년 8월 23일 이명철 선생을 따라 때늦은 여름휴가를 강원도 양양으로 갔었다. 오색(五色)에 가서 그 특유한 샘물을 마시고 주전골을 거닐다가 읍내 숙소로 돌아왔다. 그런데 저녁이 다 되어도 더위가 물러가지 않아 집 앞에 있는 '고추다방'에서 냉커피를 마시며 노닥거렸는데 때마침 벽에 걸린 한 글씨가 눈에 들어왔다.

꽃은 늘 웃고 있어도 시끄럽지 아니하고
새는 늘 울어도 눈물을 보이지 아니하고
대 그림자 뜰을 쓸어도 먼지가 일지 아니하고
달빛이 물을 뚫어도 흔적이 없네
– 부처님 말씀 중에서
– 지리산인 무진 합장

아, '꽃은 웃어도 소리가 없고 새는 울어도 눈물이 없다'는 이 속담은 다름아닌 부처님 말씀에서 나온 말이었구나!

나는 체증처럼 가슴속에 오래 묵었던 한 숙제를 풀고 나자 속이 시원하였다. 그리고는 여행에 이런 묘미도 있었구나 하고 새삼 감탄해 마지않았다.

(2016. 8. 25.)

萬寶山事件을 다시 생각한다

이태준의 단편소설로 「농군(農軍)」이 있다. 1939년 7월 《문장》誌에 발표된 이 소설은 萬寶山事件[2]을 제재로 한 작품이다.

재만 조선인과 중국인들간의 다툼을 그린 현실성이 매우 강한 이 작품은 순수문학을 견지해온 상허(尙虛)로서는 매우 이례적이라 할 만하다. 그런데 여기에서 제기되는 한 가지 의문은 사회적 통제가 일층 강화되었던 1930년대 후반에 조선인들의 적극적이고도 투쟁적인 내용의 이 소설이 어떻게 발표될 수 있었을까 하는 점이다.

만주에서 중국인과 조선인간의 마찰은 항용 있었던 일이었다. 그런데 특히 萬寶山에서 있었던 이 충돌이 크게 비화된 데는 남다른 이유가 있었다.

---

2) 萬寶山事件은 1931년 중국 지린성 장춘 교외의 萬寶山 부근에서, 한국의 이민자들과 중국 농민들 사이의 충돌사건이다. 일본의 책동으로 말미암아 국내에서 화교에 대한 박해 사건으로 이어졌으며 일본은 이를 구실로 만주사변을 일으켰다. (완바오山 사건)

일제는 이곳에서 벌어졌던 일을 허위로 과장 보도하도록 하여 그에 대한 보복으로 조선에서 중국인 배척사건을 유발시키고 그 영향이 다시 만주지방으로 파급되게 함으로써 중국인들이 만주에 거주하는 조선인들을 축출토록 기도하였다. 이에 따라 양국민들이 상호 반목·충돌하는 사이를 틈입하여 군사적 행동을 취할 수 있는 합법적 구실을 모색했던 것이다. 다시 말해 호시탐탐 대륙으로서의 진출 기회를 노리고 있던 일제로서 萬寶山事件이 더 없이 좋은 기회가 되었던 것이다.

　　이러한 흉계를 품고 있던 일제의 입장에서 볼 때 萬寶山事件을 다룬 「농군」은 그들의 정치적 의도에서 뿐만 아니라 국익에도 부합되는 시의적절한 작품이라 믿어 검열에서도 허용될 수 있었던 것으로 보여진다.

　　최근 북한의 핵실험 문제로 인하여 동북아정세가 큰 시련을 맞고 있다. 이 사태를 놓고 우리는 어떻게 대처해야 할까.

　　역사적 사건의 진실을 보다 명확하게 꿰뚫어 보는 혜안을 가지고 신중히 처신해야지 그렇지 않고 선불리 행동해서는 안 된다는 사실이다.

　　과거의 萬寶山事件을 오늘 다시금 생각케 한다.

(2016. 9. 10.)

부천에는 국화가 없다

상허 이태준의 작품 중에 「마부와 교수」라는 콩트가 있다. 개요
는 다음과 같다.

한 여학교 정문 앞에서의 일이다. 쓰러진 말에 세찬 채찍을 가하는 마부
(馬夫)를 보고 교수 하나가 항의를 한다.

"아무리 동물이기로 당신 이익을 위해서 저렇게 힘의 착취를 당하고 쓰러
진 걸 왜 불쌍히 여길 줄 모르오?"

그러자 마부는 마치 어린애에게 타이르듯 교수에게 대꾸한다.

"말이란 것은 쓰러졌을 때 이내 일으켜 세우지 못하면 죽고 마는 짐승이
오."

교수의 참담한 모습을 보며 학생들이 말없이 흩어진다.

현실 문제에 어두운 교수의 허구성이 드러나는 모습을 그린 작
품이다.

이 소설을 읽노라면 '당나귀 하품한다고 한다'는 속담이 연상된다. 당나귀가 소리쳐 우는 것을 그 입 벌린 것만 보고 하품한다고 하는, 귀머거리를 비꼰 말이다.

주변에는 이같이 현실은 모른 채 앵무새처럼 입만 살아 나불대는 사이비 지식인들이 많다. 우리들이 '당나귀 하품'과 더불어 경계해야 할 또 다른 사항은 극단적인 이기주의이다.

국화야 너는 어이 삼월동풍 다 보내고/ 낙목한천(落木寒天)에 네 홀로 피었는다/ 아마도 오상고절(傲霜孤節)은 너뿐인가 하노라.

추월이 만정한데 국화는 유의로다/ 향매화 일지심은 날 못 잊어 피는구나/ 아마도 오상고절은 너뿐인가 하노라.

앞의 두 고시조에서 국화(菊花)는 찬 서리도 이기는 고고(孤高)한 절개를 지닌 꽃으로 예찬되고 한편 미당 서정주는 일찍이 '내 누님같이 생긴 꽃'이라고 노래한 바 있다.

이 같은 국화가 부천에는 없다. 부천에 국화가 없다니 무슨 황당한 이야기냐고 반문할지 모른다. 사연의 전말은 이렇다.

부천시 지명위원으로 오랫동안 활동한 적이 있다. 지명위원회란 도로나 교량 그리고 새로운 동네가 생기면 거기에 따른 이름을 제정·심의하는 기구이다. 그때 일 중에서 특히 한 가지 사항이 기억에 남는다.

중동신도시 공사가 마무리되고 각 아파트 단지에 이름을 붙였다. 반달·미리내·사랑·하얀마을을 비롯해서 라일락·목련·진달래·포도·백송마을 등은 무리 없이 지나갔는데 국화마을에 이르러 느닷없이 문제가 발생했다. 마을 이름이 마음에 들지 않는다고 그곳 주민들이 극렬하게 반대하고 나선 것이다.

이유인즉슨, 국화가 장례식 조화(弔花)로 쓰이는 꽃이라 이미지가 좋지 않아 자기네 아파트 값이 떨어진다는 주장이었다.

아뿔싸, 아파트 이름 때문에 가격이 떨어진다니! 결국 이 안(案)은 무산되어, 갖은 고난 속에서도 변치 않는 '절의(節義)의 마을'은 부천에서 끝내 사라지게 되었다.

나는 지금도 부천에 '국화마을'이 들어서기를 간절히 소망한다. 그곳은 거짓과 위선이 없고 지조가 꼿꼿이 살아 숨 쉬며 평화와 복락(福樂)이 강처럼 흐르는 마을이 될 터이기 때문이다.

《사람 풍경》 제44호 (2017. 10. 2.)

어느 하루

부천역 앞에서 족보도서관 김원준 관장과 저녁 약속이 있어 나 갔는데 시간이 얼마쯤 남았다. 마침 알라딘 중고서점이 눈에 띄어 잠시 책 구경을 하기로 했다.

"이태준의 『해방 전후』 있어요? 오래전에 《창작과비평사》에서 나온 것인데…."

내 말을 듣고 젊은 직원은 컴퓨터로 검색해 보더니 "손님, 그 책 은 없고 《문학과지성사》에서 나온 이태준 단편집은 한 권 있어 요." 하는 것이었다.

"제목이 뭔데요?" 내 물음에 그는 "『까마귀』요." 하고 짧게 대답 했다.

그간 이태준 작품을 꾸준히 사 모았다고 생각했는데 『까마귀』는 없어서 책을 사가지고 바삐 약속 장소로 향했다.

뼈다귀집에서 김 관장과 오래간만에 만나 여러 가지 얘기를 나누고는 저녁 늦게 헤어졌다. 집에 돌아와 보니 아내는 깊은 잠에 빠져 있어 슬그머니 서재로 들어가 오늘 산 책을 살펴보았다.

김윤식(金允植)이 책임 편집한 『까마귀』에는 이태준의 단편 중 「불우 선생」 등 10편의 소설과 주(註)·작품해설 그리고 편자의 논문 한 편이 실려 있었다.

그 내용을 훑어보다가 문득 나에 대한 언급이 눈에 들어왔다.

· 연보에 따르면, 개화파를 아버지로 한 이태준은 1904년 강원도 철원에서 태어나 …. (민충환 씨의 고증에 따름, 기타 고증도 민 씨의 선구적 업적에 따름)

· 이태준 소설에 대한 학위 논문과 단행본이 본격적으로 등장한 것은 1980년대 후반부터이다. 민충환은 『이태준 연구』(깊은샘, 1988)를 통해 이태준의 전기적 사항을 추적하고 작품 텍스트를 확정하는 등의 실증적인 작업을 수행함으로써 이후 이태준 소설 연구에 중요한 기틀을 마련하였다.

김윤식은 전 서울대 국문과 교수로, 우리 평단에서 으뜸으로 손꼽히는 사람이다. 그에게서 '선구적 업적'이니 '이태준 소설 연구에 중요한 기틀을 마련했다' 등의 상찬을 듣게 되자 어릴 적 선행을 하고 선생님에게서 칭찬 받는 학동처럼 마음이 설레었다. 칭찬은 고래도 춤추게 한다던가, 오늘은 외출 중에 김윤식 교수를 만난 매우 뜻 깊은 하루였다.

(2017. 6. 29.)

《부천작가》 17집 (2017. 12. 20.)

내 11월은

 11월이 어느 결에 뚝딱 지나갔다. 매달 정기적으로 갖는 이런저런 일곱 개의 모임 외에 이번 달에는 특히 두 가지 일이 더 추가되었다.

 한 가지는 아내 칠순 행사이고, 다른 하나는 문학회 회원들의 작품집 원고를 교열하는 일이다. 네 권의 시집과 한 편의 산문 보는 일이 한꺼번에 몰려왔다. 이에 대한 얘기를 잠시 해보려 한다.

 원로 아동문학가인 강정규 선생이 《문학과지성사》에서 친필 동시집을 내는데 신경이 많이 쓰인다며 일독을 부탁했다.

 먼저 「밥상」을 보았다.

 쌀밥 고깃국/ 알타리 총각김치도/ 알맞게 익었다

 여기에서 '알타리 총각김치'가 눈에 어긋졌다. 지난번 맞춤법 사정(査定)에서 '알타리김치'는 '총각김치'로 표준어를 삼았기 때문에 이 글은 중복 표현이 된다. 그래서 '섞박지 총각김치'로 하는 게 좋겠다고 하였다.

다음으로, 작품집 원안에는 엄선된 45편 외에 열 편의 예비작품이 첨부되었는데 맨 끄트머리에 〈새우젓〉[3]이 있었다.

새우젓은/ 새우와 소금으로 담는데/ 새우가/ 새우가 아니고/ 소금도/ 소금이 아닐 때/ 새우는 비로소/ 새우젓이 된다

이 글을 읽고 '맞다!'는 소리가 입에서 절로 나왔다. 작가가 글을 쓰고자 할 때 소재 그대로여서는 안 되고 충분히 숙성하여 새로운 무엇을 만들어 내야 창작품이라 할 수 있지 않겠는가. 이 작품은 문예창작 이론을 비유적으로 잘 노래한 글이라고 했더니 선생도 동감하며 이 시를 앞으로 끌어올려 머리글로 삼았다.

내 덕택에 이 작품은 2군 후보에서 일약 1군 에이스로 발탁되는 행운을 얻은 셈이다.

한편, 안금자 선생은 우리나라에서 하나밖에 없는 활판공방에서 시집을 내게 되었단다. 기쁜 마음으로 그의 작품을 꼼꼼히 읽고 발문까지 썼다. 이 글에서, 지금으로부터 28년 전 선생이 시인

---

3) 《풍경소리》 제223권(2017. 12)에 발표된 내용은 이렇다.
새우젓은, // 새우가 이미/ 새우가 아니고/ 소금이 이미/ 소금이 아닐 때/ 새우는 비로소/ 새우젓이 된다.

으로서 자질이 있음을 감지하고 그간 성원해 왔는데 오늘 드디어 한 그루 튼실한 나무로 성장하게 되었다고 상찬하였다.

그 다음으로 박수호 선생의 새로운 동시집(선생은 그간 세 권의 시집을 낸 바 있는데 동시집은 처음이다.)을 매우 인상적으로 읽고 몇 가지 내 생각과 함께 작품집 제목을 바꾸는 게 좋겠다고 조언하였다.

그 밖에 양성수 시집과 안명숙의 산문을 정독하고 많은 의견을 개진하였다.

교직에서 정년퇴임하고 백수로 지낸 지 일곱 해가 되면서 차츰 자신이 왜소해지고 삶의 의욕을 상실해 갔다. 사회에 생산적인 보탬도 못 되면서 자식들에게 괜한 짐만 되는 것은 아닌가 하는 자격지심까지 심하게 들었다.

이런 때 누군가에게 자그마한 도움이 될 수 있다는 것은 한 줄기 생명의 빛을 비추는 것 같은 큰 기쁨이 아닐 수 없다.

그래서 여느 때보다 바빴던 11월이 하냥 즐거웠다.

(2017. 11. 30.)

대박을 기다리며

예전에 일부 영화 관계자들의 입에서 간간히 회자되던 '대박'이란 말이 요즈음에는 전 국민이 애호하는 말이 되었다. 특히 소녀들은 조금만 이상한 것을 보아도 '대박!'을 외치며 엄지를 쳐들기 일쑤다.

대박이란 도대체 무슨 말인가.

한글학회, 『우리말 큰사전』(1991)/ 국립국어연구원, 『표준국어대사전』(1999)/ 이근호·최기호, 『토박이말 쓰임사전』(2001)/ 박용수, 『겨레말 용례사전』(2007) 등에도 이 말이 오르지 않았는데 비교적 최근에 나온 『고려대 한국어 대사전』(2009)에만 이렇게 적고 있다.

대박(大 —) : 어떤 일이 크게 이루어짐을 비유적으로 이르는 말.
대박(을) 맞다 : (사람이) 예상치 못한 어마어마한 횡재를 얻다.

대박(이) 터지다 : ① (사람이) 투기성 투자나 도박 등에서 어마어마한 횡재를 하다. ② (어떤 일이) 예상치 못하게 어마어마한 성과를 거두다.

이렇게 볼 때 이 말은 근래에 생긴 신조어로, '쪽박'과는 대척되는 말이 아닌가 싶다. 때마침 영화 〈신과 함께〉가 천만 관객을 돌파했다고 한다. 그야말로 대박이 터진 것이리라.

그런데, 엊그제 사회학자 송호근 교수가 쓴 장편소설『강화도』를 읽다가 거기에 또 다른 대박이 있음을 알고 적이 놀랐다.

* 대박래선, 서양 함대와 천주교는 동형이다. 무력과 구원이 함께 왔다.

〈본문 11쪽)〉

* 대박은 박해를 피해 숨어 살던 모든 천주교도의 희망이었다. 대박래선!
  천주교도는 조선에 큰 배가 와서 천주교 박해를 끝장내고 모든 백성에게
  종교의 자유를 허락해 준다는 환상을 버리지 못했다.

〈본문 159쪽)〉

여기에 등장하는 '대박(大舶)'은 두말할 것도 없이 큰 배(大船)을 이르는 한자어로, 앞의 대박과는 확연히 구별된다.

2018년 새해가 밝았다. 우리는 어떤 대박을 기다리며 또 한해를 살아가야 할까.

(2018. 1. 10.)

그때에(1)

　최근에 〈1987〉이란 영화가 관객들에게 큰 호응을 얻고 있다고
한다. 때마침 그 영화를 보고 온 한 젊은이가 나를 보고 '그때 당신
은 무엇을 했느냐'고 대놓고 물었다.

　1987년이라? 잠시 돌이켜 생각해 보았다.

　B대학 교양과에 재직했던 나는 그해에 부교수로 승진했고 학술
진흥과장으로 교내 논문집 편찬을 주관하고 있었다.

　특히 그때 나는 월북작가 이태준 연구를 위해 철원, 휘문고등학
교, 동아일보사 그리고 유족을 만나기 위해 서울 성북동 고택 등
지를 바삐 뛰어다녔다.

　엊그제 집안 정리를 하다가 우연히 책장 깊숙한 곳에서 잠자고
있던 책 묶음 하나를 찾아냈다. 내 글이 실렸던 《공산권연구》라는
월간잡지였다.

　거기에 발표된 논문은 다음과 같다.

1. 상허 이태준론 – 특히 「농군」을 중심으로, 공산권연구 89권 (1986.7.)

2. 상허 이태준의 전기적 고찰과 습작기 작품 검토, 공산권연구 93권 (1986.11.)

3. 상허 이태준론(3) – 단편소설의 발표원문과 개작내용과의 비교를 중심으로, 공산권연구 99권 (1987.5.)

4. 상허 이태준론(5) – '코스모스 이야기'를 중심으로, 공산권연구 103권 (1987.9.)

5. 상허 이태준 중·단편소설의 이해① – 1925~1943년을 중심으로, 공산권연구 107권(1988.1.)

6. 상허 이태준 중·단편소설의 이해② – 1925~1943년을 중심으로, 공산권연구 109권(1988.3.)

7. 상허 이태준론(7) – 작품의 현지답사 내용을 중심으로, 공산권연구 119권 (1989.1.)

8. 상허 이태준의 북에서의 작품, 공산권연구 127권(1989.9.)

9. 월북작가 이태준을 찾아서, 공산권연구 135권(1990.5.)

10. 상허작품집 출판의 한 문제점, 공산권연구 136권(1990.6.)

11. 상허 이태준론 – '산월이'에 나타난 현장조사를 중심으로, 공산권연구 141권(1990.11.)

12. 북에서 쓴 이태준 소설 – 「호랑이 할머니」, 공산권연구 156권 (1992.2.)

13. 북에서 개작한 상허 이태준의 작품 – 「밤길」을 중심으로, 공산권연구 160권(1992.6.)

위 목록을 일견하자니 오래전의 일이 아슴푸레 머리에 떠올랐다.

이태준에 관한 논문을 써놓고도 발표지면을 찾지 못해 오랫동안 고심하였다. 월북작가에 대한 연구가 철저히 통제되던 시대여서 잡지사들이 괜히 게재하였다가 관으로부터 미운 털이 박힐까 보아 몸을 사리는 터였다.

그러다가 요행으로 한 귀인을 만나 다른 곳에서는 엄두를 내지 못했던 기회를 얻을 수 있었다.

《공산권연구》였다. 발표지면이 확보됨에 따라 이태준 연구를 안정적으로 추진할 수 있게 되었다.

이윽고 1988년 4월 『이태준연구』가 출간되고 뒤이어 7월에 정부로부터 월북작가에 대한 전면적인 해금조치가 발표되었다.

앞서 젊은이의 물음 속에는, 청년들이 민주화를 위해 몸 바쳐 투쟁했을 때 당신은 무엇을 했느냐, 노인들은 최루탄 매운 연기 한번 쐬어보지도 않고 무임승차한 사람 아니냐는 추궁을 은연중에 함축하고 있었다.

나는 1987년, 아무도 근접하지 못했던 문제에 '용감히(?) 뛰어들어' 해금의 문을 열어젖히는 데 일익을 담당했다고 자부한다.

나이든 어르신네들도 이렇듯 역사의 흐름 속에서 자기 몫을 충실히 감당했던 역군들이지 젊은이들이 생각하는 것처럼 무위도식하며 거저 나이를 먹은 사람들은 결코 아니다.

한 영화가 시대의 아픔을 치유하고 위로하는 역할을 해야지 세대 간의 갈등을 증폭시키는 매체가 되어서는 안 된다는 생각을 언뜻 하였다.

(2018. 1 . 23.)

인생사는

1

한 문학 모임에서 애송시 한 편씩 가져와 감상하기로 했더니 신말수 선생은 김기림의 「길」을 복사해 가져왔다.

내 소년시절은 은빛 바다가 엿보이는 그 긴 언덕길을 어머니의 상여와 함께 꼬부라져 갔다. / 내 첫사랑도 그 길 위에서 조약돌처럼 집었다가 조약돌처럼 잃어버렸다.

이 시를 보자니 예전에 귀동냥했던 일이 문득 생각났다.

그때 서점가에서는 김영희의 『아이를 잘 만드는 여자』라는 산문집이 그야말로 낙양의 지가를 올리고 있었다. 작자는 책 머리말에서 당신의 한국적 정서는 김기림의 「길」에서 비롯되었다고 썼다. 이를 본 독자들이 이번에는 김기림의 시를 찾아 서점으로 쇄도하였다.

"고객님, 김기림의 『길』이란 시집은 없고요 '깊은샘'의 『김기림 시선집』속에 그 작품이 들어있답니다."

'종로서적' 한 여직원의 우연한 말 한마디로 깊은샘출판사 창고 안에서 오랫동안 잠자고 있던 김기림 시집 초판 2천부가 단숨에 팔려나가 뜻밖의 베스트셀러가 되었다.

2

숙성 문어가 경북 내륙 영주에서 만들어진 건 영동선과 비둘기호 덕분이다. 1955년 영동선이 개통했다. 영주 '묵호문어집' 주인 이춘자(74)씨는 비둘기호 타고 묵호항에 가서 삶은 문어를 가져다 영주 시장에서 팔았다. 비둘기호로 묵호에서 영주까지는 8시간이나 걸렸다. 삶은 문어가 완행열차에 실려 느릿느릿 영주까지 오는 동안 자연스럽게 숙성됐다. 이 의도하지 않은 숙성이 큰 맛 차이를 냈다. … 약간 과장해 비교하면 막 삶은 문어가 잘 버무린 겉절이라면 숙성 문어는 잘 익은 김장김치랄까.

이 글은 엊그제 J신문에 난 한 음식 소개 기사 내용 중에 일부이다.

3

평창올림픽이 장장 17일간의 열전을 끝내고 성황리에 폐막되었다. 이번 올림픽에서 특히 흥미롭게 관전했던 경기는 여자컬링이었다. 마늘로 유명한 의성의 낭자군(娘子軍)들이 세계 각국의 선수들과 당당히 겨루는 모습이 자랑스러웠다. 이들의 경기를 TV중계를 통해 보면서 인상적이었던 점은, 선수의 손을 떠난 '스톤'이 엉뚱한 방향으로 흘러감에 따라 승패가 좌우된다는 사실이었다.

 인생사는 매사 자로 잰 듯한 계획보다 때로 예상하지 않은 우연에 의해 결정되는 것은 아닌가 하는 생각을 뜬금없이 해보았다.

(2018. 3. 8.)

〈전원일기〉 재방송을 보면서

나는 평소에 TV 드라마를 즐겨 본다. 그간에 본 것으로 기억에 남는 작품은, 〈여명의 눈동자〉, 〈모래시계〉, 〈대장금〉, 〈동의보감〉 그리고 근래 방영된 〈태양의 후예〉 등이 있다. 그런데 요즘에는 마음에 와 닿는 것이 없어 무료하게 지냈는데 한 지인이 〈전원일기〉 재방송이 있음을 귀띔해 주어 즐겨 시청하고 있다. 그런데 최근 방영된 내용은 모두 이해수 극본이었다.

이해수 선생이라고 하니까 예전 일이 생각났다.

복사골문학회 창설 멤버 중에 이정균 선생이 있었다. 이 선생은 동료들과 함께 3인 시집을 냈는데 특히 그의 「아파트」 연작은 서민들이 아파트 청약을 받기 위해 고투하는 모습을 눈물겹게 그린 작품이었다. 그때 청약 조건 중의 하나로 남자의 정관수술도 포함

되어 있었다.

나는 시집 한 권을 그때 강사로 출강중인 조일규 선생에게 선물하였는데 선생은 그 책을 아내에게 주었던 모양이었다. 조 선생의 부인은 방송작가이자 소설가인 이해수 선생이었다. 이 선생은 「아파트」 시를 감명 깊게 읽고는 〈아파트를 위해서〉라는 MBC특집극을 썼다. 그러면서 이 드라마는 이정균의 시를 토대로 하였음을 밝혔다. 그 덕택으로 이정균 선생은 방송고료 일백만 원을 받게 되었고 그 돈으로 『아파트를 위해서』라는 시집을 출간하여 시인으로서의 명성을 크게 떨친 바 있었다.

내년이면 복사골문학회 창립 30주년을 맞게 된다. 그간 문학회를 위해 내가 무엇을 하였나 곰곰 생각해보니 두드러지게 얘기할 만한 사항은 없고 앞서와 같은 소소한 일들을 회원들과 함께 즐거운 추억으로 남겼지 않았나 싶다.

해묵은 〈전원일기〉를 다시 보면서 잊혔던 사람들의 이름, 이정균·조일규·이해수 선생의 이름을 그리움으로 떠올려 본다.

(2018. 3. 22.)

강처중 재평가해야

　일찍이 가람 이병기 선생은, 우리 고전 전부와 황진이의 시조 한 수 ― 동짓달 기나긴 밤을 한 허리를 베어/ 춘풍 이불 아래 서리서리 넣었다가/ 어른 님 오신 날 밤이거든 굽이굽이 펴리라 ― 와 바꾸고 싶지 않다고 말한 바 있다.

　나는 선생의 이 말을 원용하여, 우리 근대시 전부와 윤동주의 『하늘과 바람과 별과 시』를 바꾸지 않겠다고 감히 말할 수 있다.

　돌이켜 보면, 1940년대에 친일문학이 만연하여 민족문학의 명맥을 잇지 못할 절제절명의 순간에 윤동주가 나타남으로써 우리 민족의 자존을 지킬 수 있게 되었기 때문이다.

　한번 생각해 보라. 이 다음에 후손들이 저항시 한 편 없었던 당대에 대해서 물었을 때, 일본인들이 잔악하기 그지없어 그때 우리는 숨도 크게 한번 쉬지 못하고 눈만 멀뚱멀뚱 뜬 채 그들이 시키는 대로 노예처럼 살았노라고 대답할 수는 없지 않은가. 그것은 심한 부끄러움이자 민족적인 치욕이다.

　다행히 우리에게 윤동주가 있어 위로받을 수 있었다. 그런 뜻에서 윤동주는 하늘이 내린 축복으로 한국문학사의 희망이자 구원이라 해도 과언은 아닐 것이다.

　그간 윤동주 유고시집이 나오는 데 있어 정병욱의 공적에 대해서는 크게 상찬되었다.

　전남 광양에 있는 그의 집 또한 등록문화재 제341호로 지정되어 시(市)가 관리하고 있는데 이는, 윤동주의 대표작 19편이 수록된 육필원고의 보존과 부활의 공간으로 문화사적 의미를 인정받아서였다.

　그런데 여기에서 한 가지 꼭 짚고 넘어가야 할 사항이 있다.

　정병욱과 똑같은 기여를 했음에도 불구하고 세상에 제대로 알려지지 않은 또다른 한 사람이 있다는 사실이다. 강처중(姜處重)이란 인물이다.

　그는 정병욱·윤동주와 함께 연전(延專) 문과 동기이고, 유고시집 맨 뒤에 발문을 썼다. 또한 《경향신문》 기자였던 그는 일제 감옥에서 옥사한 무명시인 윤동주를 《경향신문》 지면을 통해 세상 전면으로 띄워 올렸을 뿐만 아니라 윤동주가 동경에서 보낸 편지 속에 적었던 5편의 시를 보관한 공로 또한 칭송 받을 만하다.

　그 같은 사람이 왜 우리에게 잘 알려지지 않았을까,

　그것은 강처중이 좌익인사로 공안당국에 체포되어 처형되었기

때문이다,

　암흑기문학을 정리하는 사가(史家)의 입장에서 윤동주는 더 없이 귀한 존재인데 그의 절친한 친구가 '공산주의자'였다는 사실을 그대로 밝힌다는 것은 냉전체제하에서 매우 어려운 일이 아닐 수 없었으리라. 그런 피치 못할 사정으로 강처중의 위상이 은폐된 것은 아닌가 추측된다.

　역사란, 개개인의 행적 무게만큼 천칭에 달 듯 엄밀하고 정확하게 평가되지 못하는 측면이 있다. 강처중의 예에서 보듯이 정치적 상황으로 말미암아 축소되거나 때로는 아예 매몰되기도 한다.

　이러한 잘못을 바로잡아 올바른 역사의 자리매김을 해주는 일 또한 오늘 우리가 해야할 소명이 아닐까.

(2018. 5. 3.)

'친일'을 넘어

하루는 모르는 이에게서 전화가 왔다. 누구냐고 물었더니, 대학 때 내 문학과목을 수강했던 졸업생인데 지금은 상동주민센터 사무장이라고 자기 소개를 했다. 전화를 건 용건은, 마을에 '시와 꽃이 있는 거리'를 조성하려는데 거기에 전시할 작품을 추천해 달라는 것이었다.

내가 사는 동네를 꾸미는 일을 한다는데 마다할 이유가 없어 그의 청을 쾌히 응낙하였다.

나는 오래 던져두었던 『한국현대시사(韓國現代詩史)』를 꺼내 펼쳐놓고 작품성이 뛰어난 40여 편을 일단 뽑아 박수호 시인에게 감수를 의뢰, 최종적으로 30여 수를 선정하여 추천하였다.

그 뒤 캐나다에 사는 사촌동생 집에 오래 여행을 하고 돌아와 보니 '시(詩)의 거리'가 완공되어 있었다.

나는 그곳을 산책할 때마다 아름다운 동네에 산다는 자부심을 느꼈다. 그런데 지난해 민족문제연구소 부천지부에서 여기에 전시된 작품 중 서정주·노천명·주요한의 시비를 친일작가란 이유로 철거하였다.

지역신문을 통해 이 소식을 접하고는 마음이 착잡하였다. 그러면서 친일문제에 대하여 꼭 한번 짚고 넘어가야겠다는 생각을 하게 되었다.

'친일(親日)'을 국어사전에서 찾아보면 일제 강점기에, 일제와 야합하여 그들의 침략·약탈정책을 지지·옹호하여 추종한 것이라는 설명이 붙어있다. 한마디로, 민족을 저버리고 일제정책에 순응·찬양하였다는 말이다.

일찍이 임종국(林鍾國)은, 어느 작가가 어디에 어떤 친일작품을 발표했는가를 면밀히 조사 규명한 『친일문학론』(평화출판사, 1966)을 펴냈다.

이 책이 출간되자 선풍적인 인기를 얻었으나 당시 집권층으로부터는 지탄을 받고 판매금지가 되는 수난을 겪기도 하였다.

이 저술에서 저자는, 단 한 줄의 친일작품을 쓰지 않은 영광된 작가로 윤동주·이육사·변영로·오상순·황석우·이병기·이희승·홍사용·박남수·한흑구·이한직·김영랑 그리고 청록파 시인인 조지훈·박목월·박두진 등의 이름을 밝혔다. 그러니까 해방 전에 활동했던 문인 중에 앞에서 거론한 열다섯 남짓을 제외한 나머지 사람들은 직·간접적으로 일제에 협조했다는 결론이다.

물론 이들 중에는 저들의 주구(走狗)가 되어 온갖 만행을 자행했던 사람도 있었지만 한편 생각해 볼 때 일제의 회유와 강권으로 말미암아 어쩔 수 없이 훼절했던 사람들도 적잖이 있었으리라 믿어진다. 이에 대한 면밀한 검토 없이 일률적으로 '친일'을 적용하여 매도할 때 상당한 문제가 파생됨도 아울러 고려해야 할 것이다.

문학의 경우 '친일'로 분류된 사람의 작품이 상동 '시와 꽃이 있는 거리'의 시비(詩碑)처럼 가차 없이 척결될 때 한국의 근·현대문학은 없다고 해도 지나친 표현은 아니다.

한국사는 또 어떤가. 2·8독립선언문은 이광수가, 기미독립선언서는 최남선이 각각 기초하였다. 춘원과 육당은 그 누구보다도 친일에 앞장섰던 장본인이다. 이들의 행적을 문제 삼아 2·8독립선언문과 기미독립선언서를 폐기한다면 우리의 독립운동사는 또 어떻게 쓸 것인가.

이 점에 우리의 깊은 고민과 딜레마가 있다.

속담에 빈대 미워 초가삼간 불태운다는 말이 있다. 다시 한 번 곰곰이 생각해 보자. 아무리 빈대가 밉더라도 초가삼간을 불태울 수는 없지 않은가.

해방을 맞은 지도 어언 75년, 언제까지 과거문제에 얽매어 내일로 가는 발걸음을 지체할 것인지 오늘의 현실이 참으로 안타까워 가슴이 아프다.　　　　　　　　　　　　　　　　　(2019. 3. 19.)

한 문장을 쓰는 데 3년이 걸렸다

  상허 이태준은 누구인가, 1930년대 한국문학에서 시(詩)에서는 정지용, 소설에서는 이태준으로 대표되던 인물이다.

  각종 문학사 내용을 비교 검토해보니 상허의 생년월일을 비롯한 학력 관계 등 기초사항조차 서로 다르게 나타나 부득불 1차 자료를 직접 찾아 나서야만 하였다.

  먼저, 출생지인 강원도 철원에 가서 호적(戶籍)부터 떼어 보리라. 그런데 이곳은 한국전쟁 때 치열한 격전지여서 모든 기록물들이 타서 없어졌다. 하는 수 없이 시외버스를 타고 무연히 집으로 돌아오려는데 문득 조용만 선생이 쓴 자전적 소설 『구인회 만들 무렵』에 나오는, '상허는 정지용의 휘문고보 후배였다.'라는 문구가 머리에 떠올랐다.

  "옳지, 맞아." 하고 손뼉을 치고 이번에는 휘문고등학교로 달려갔다. 상허는, 졸업생 수보다 더 많은 1924년 중퇴자 명단 속에 숨어 있었다. 어렵사리 그의 학적부를 찾아내어 그 속에 기재된 내용을 꼼꼼히 살피는 한편 상허의 장편소설『제2의 운명』에 수록된 약전(略傳)을 참고하여, **"이태준의 본적은 강원도 철원군 철원면 율리리 614번지. 상허는 1904년 11월 4일 강원도 철원군 무장면 산명리에서"**까지 썼으나 부모의 성명이 알려지지 않아 그다음은 불가하였다.

추가사항을 보완하기 위해 또다시 상허의 고향 마을을 찾아갔다. 그러나 용담(龍潭)은 민통선 안에 위치하여 들어갈 수가 없었다. 그렇다면 그 마을 사람들은 철원 각처에 흩어져 살 것이 아닌가. 호적계장에게 철원에 사는 고령자들의 주민등록카드 복사를 의뢰하여 이번에는 이 자료를 갖고 주소지를 일일이 찾아가 "이태준을 찾습니다."를 연호하였다.

하늘은 스스로 돕는 자를 돕는다고 했던가. 오랜 여로(旅路) 끝에 한 구원자를 만날 수 있었다. 조병준이라는 당시 84세의 용담 사람으로 상허 선생을 기억하고 있을 뿐만 아니라 서울에 살고 있는 그의 인척까지 나에게 연계시켜 주었다.

이동진, 상허의 7촌 되는 장조카였다. 그에게서 마침내 '장기이씨 가승(長鬐李氏 家乘)이 제공됨으로써 오랫동안 베일에 싸여있던 상허의 가계가 세상에 알려지게 되었다.

이렇게 해서, "이태준의 본적은 강원도 철원군 철원면 율리리 614번지. 상허는 1904년 11월 4일 강원도 철원군 무장면 산명리에서 **아버지 이창하, 어머니 순흥 안씨의 1남 2녀의 장남으로 태어났다.**"는 한 문장이 완성되었다.

이태준 연구의 시발(始發)이 되는 이 짧은 글이 이루어지기까지 실로 3년의 세월이 소요되었다. 끊어진 철도를 잇듯 특히 마지막 퍼즐을 맞추는 데 상당한 노력과 인내가 필요했었다.

"아, 이태준…!"

어느새 30여 년 전의, 상허 말마따나 '호랭이 같은 때'의 기록이다.

(2019. 4. 22.)

속담 풀이를 하며

　　최근 북한의 조평통은 문재인 대통령의 8·15 경축사를 두고 "삶은 소대가리도 앙천대소할 노릇"이라고 비난했다. 이 말은 '삶은 소대가리 하늘을 쳐다보며 크게 웃을 노릇'이라는 속담으로, 삶은 소가 웃을 수는 없다는 데서 하는 품이 무척 어이없고 가소롭다는 것을 비웃어 이르는 말이다.

　　북한의 이 같은 비상식적인 언행은 비단 어제 오늘의 일만이 아니다. 근래 있었던 몇 가지 사항을 적어 보면 다음과 같다.

　　지난 2017년 7월 박근혜 전 대통령이 베를린에서 발표했던 통일구상을 두고 당시 북한 노동신문은, "그러한 기적이 조선반도에서 일어나기를 고대하지만 그야말로 노루잠에 개꿈…"이라고 논평하였다.

　　'노루잠에 개꿈'이란, ① 아니꼽고 같잖은 꿈 이야기를 하는 경우에 쓰는 말. ② 제격에 맞지 않는 말을 할 경우를 이르는 말이다.

또한 2018년 1월 문대통령의 신년기자회견에 대해서 북한 노동 신문은, "가을 뻐꾸기 같은 소리를 내지르며…"라며 거친 말을 쏟아냈다.

'가을 뻐꾸기 소리 같다'는 말은, 철 아닌 때에 우는 뻐꾹새 소리 같다는 뜻으로, 즉 믿을 수 없는 헛소문을 이르는 말이다.

앞에서 살펴본 바와 같이 북한 담화에 인용된 속담들은 대체적으로 낯선 내용들이 많다. 왜 그럴까? 우리가 일상생활에서 항용 사용하여 귀에 익은 내용들은 친근해진 탓에 본래의 뜻이 약화된다. 그러므로 전하고자 하는 메시지를 전술상 보다 강화하기 위해서는 속담집 깊숙한 곳에 잠자고 있는 생소하고 자극적인 내용들이 필요했던 것으로 보여 진다.

북한의 이 같은 끝 간 데 없는 막말 공세에 대해서 적절한 대응 방안을 제시하지 못하고 고작 사전이나 뒤적여 어휘 풀이나 일삼고 있는 내 자신이 아! 가련하다.

(2019. 8. 26.)

'한 소끔'과 '한소끔'

지금으로부터 20여 년 전에 이문구(李文求) 소설에 나타난 주요 어휘 조사 작업을 한 적이 있다.

그때 장편소설 「산 너머 남촌」을 읽는데 다음과 같은 내용이 나왔다.

노가는 이미 끓어넘은 솥이니 한 소끔 지직하게 잦혀 뜸만 들이면 멀지 않아 숟갈을 들게 될 것이라고 너스레를 떨었다.

이 글을 보고 사전을 찾아 어려운 말의 뜻을 정리해 나갔다.

지직하다 : 반죽 따위가 좀 진 듯싶다.
너스레 : 수다스럽게 떠벌려 늘어놓는 말이나 짓.

그다음으로 '소끔'을 적으려는데 이 단어가 사전에 나오지 않아 의미가 해명되지 않은 다른 많은 말들과 함께 작가 선생에게 말뜻을 직접 문의했더니 다음과 같은 답을 해주었다.

소끔 : 솥이나 냄비에 음식물을 끓이거나 삶을 때 국물이 잦아들거나 잘 무르도록 한차례 더 열을 가하는 것.

나는 선생이 일러준 대로 『이문구 소설어 사전』(고려대 민족문화연구원, 2001)에 '소끔'의 뜻을 그대로 수록하였다. 그리고는 20년간 잊고 지냈는데 최근에 한 출판사에서 이 책을 복간하겠다고 요청해서 쾌히 응낙하였다.

엊그제 교정지가 나와 내용을 검토하는데 '소끔'에 자꾸 눈이 갔다. 왠지 이상하다는 느낌이 들어 각종 국어사전을 다 훑어보았더니 이 단어는 그 어느 곳에도 보이지 않았다.

결국 이 말은, '소끔'이 아니라 '한번 끓어오르는 모양'을 뜻하는 '한소끔'이었음을 뒤늦게 깨닫고는 실소를 금할 수 없었다.

그때 내가 읽었던 「산 너머 남촌」(창작과비평사, 1990) 207쪽에서 띄어쓰기가 제대로 되었더라면. 이런 일은 발생하지 않았을텐데….

이문구의 연작소설집 『관촌수필』을 읽는데 다음과 같은 내용이 나왔다.

내가 일곱 살 나 천자문을 떼고 책씻이도 마친 어느 여름날 **해설핀** 석양으로 잊지 않고 있지만,

이 글을 보고 사전을 찾아 '해설프다'의 뜻을 적었다.

해설프다 : 햇살이 설핏한 상태에 있다. 충청지방의 방언이다.

『이문구 소설어 사전』에 이대로 적었다. 그런데 최근에 《문학과 지성사》에서 지금까지 나왔던 『관촌수필』 판본내용을 재검토하여 새로운 『관촌수필』을 냈는데 거기에 앞의 인용문을 이렇게 적고 있었다.

"내가 일곱 살 나 천자문을 떼고 책씻이도 마친 어느 여름 날 **해 설픈** 석양으로 잊지 않고 있지만,"

아뿔싸, '해설핀'을 '해 설핀'으로 띄어썼다. 이는 필시 오류일 거야 지레짐작하고 『관촌수필』 초판본·재판본 그리고 제3판본을 다 훑어보았는데 모두 다 '해 설피'였다. (오탁번의 시 '안항'에도 이 말이 나온다. "해 설핏 기운 북녘 하늘로/ 나울나울 날아가는 기러기 떼는) 이번에는 사전에서 '설피다'의 뜻을 찾았더니 '(햇빛, 햇볕 따위가) 세지 않고 약하다'로 풀이되어 있었다.

엊그제 『이문구 소설어 사전』 재판을 내는데 뒤늦게 이 사실을 확인하고는 부랴사랴 수정 작업을 하느라 진땀깨나 뺐다. 그 바람에 책 발행일자가 많이 늦어졌다.

그때 내가 읽었던 『관촌수필』(솔출판사, 1997 1판 1쇄) 12쪽에 띄어쓰기가 올바로 되었더라면 이 같은 우(愚)를 범하지 않았을 텐데 하는 깊은 아쉬움이 남았다. 그러면서 이양연의 한시 「야설(野雪)」이 머리에 떠올랐다.

눈발을 뚫고 들판 길을 걸어가노니/ 어지럽게 함부로 걷지를 말자
오늘 내가 밟고 간 이 발자국이/ 뒷사람이 밟고 가는 길이 될 테니

숫눈을 처음 걷던 사람이 눈밭에 장난치듯 함부로 만들어 놓은 발자국을 나는 길인 줄 알고 무심히 따라갔던 것이다.

(2020. 3. 6.)

《시와동화》 2020년 가을호

홍석중 소설에 나오는 귀한 말

홍석중은 북한의 대표적 작가이다. 아버지는 홍기문, 저명한 국학자이고, 조부는 『임꺽정』을 쓴 벽초 홍명희 선생이다.

그는 서울에서 태어나 돈암초등학교 2학년 때(1948년) 할아버지를 따라 한가족이 월북한 뒤 김일성종합대학 어문학부를 졸업하였다.

1970년 단편소설 「붉은 꽃송이」를 통해 문단에 오른 후 장편 역사소설 『높새바람』(상하권), 『청석골 대장 림꺽정』(이 책은 홍명희의 대하소설 『임꺽정』을 한 권으로 요약 윤색한 내용임) 그리고 2002년에 『황진이』 등을 발표하였다.

특히 『황진이』는 《창작과비평사》가 제정한 제19회 만해문학상을 수상함으로써 홍석중은 남한의 권위 있는 문학상을 받은 최초의 북한 작가가 되는 영예를 안았다.

필자는 최근 홍석중 소설에 나타난 주요어휘를 조사하는 과정

에서 인상적인 명구(名句)들을 다수 만나게 되었다. 이 내용들은
우리 삶에 참고가 될 것으로 믿어 여기에 소개한다.

가을 볕은 꽃을 피울 수 없다

개가 짖는다고 해서 날이 흐려지는 것은 아니다

구운 게도 다리를 떼고 먹는다

깊은 강물을 짧은 삿대로는 재지 못한다

깊은 물에 고기가 모이고 깊은 산에 짐승이 모인다

눈에서 멀어지면 심장에도 멀어진다

높이 나는 새는 고독한 법이다

낮은 굴뚝으로 높은 연기가 솟지 못한다

눈이 내릴 때 보다 녹을 때가 더 춥다

능한 도적은 집의 불부터 꺼준다

단 참외에 혹했다가는 꼭 쓴 꼭지를 씹게 된다

똑똑한 새는 나무를 가려 앉고 군자는 벗을 가려 사귄다

말똥에 굴러도 사는 게 좋다

말 위에 올라타자면 말꼬리에 얻어맞는 봉변쯤은 참아야 한다

모닥불의 덕을 보려면 연기쯤은 참아야 한다

못 안의 풀을 거둔 놈이 고기도 잡는다

물은 트는 대로 흐른다

바람은 배가 바라는 대로 불지 않는다

백성들은 밥이 하늘이다

별치않은 나뭇가지에 상투가 걸린다

봉황새는 아무리 주려도 조는 먹지 않는다

바람 따라 돛을 올린다

비에 젖은 년이 이슬 가릴까

빈 자루를 세울 수 없다

빗방울을 보면 홍수를 짐작할 수 있다

사내대장부가 싸우면 적수고 사귀면 친구다

산이 높아야 골이 깊다

아무리 팔준마라도 주인을 못 만나면 삯마로 늙는 법이다

일 없이 절간을 찾는 사람 없다

울타리가 허니까 이웃집 개가 드나든다

젖은 치마에 이슬을 가릴까

제 옆구리에 찌르고 있는 칼이 위험하다

푸른 옷을 입을 때는 해나무를 잊지 말라

큰 돛을 올리려면 궂은 바람의 괴로움은 참아야 한다

큰집 잔치에 작은집 돼지 잡는다

층계를 짚고 올라서야 방안에 들 수 있다

흘러가는 물로 물방아를 돌릴 수 없다

호박 넝쿨과 딸은 옮겨 놓는 데로 간다

호랑이를 채찍으로 길들일 수는 없어도 먹이로 길들일 수 있다

광화문

　오늘 아침 신문에서 천양희가 쓴 「마들에서 광화문까지」라는 시를 읽었다. 내용의 일부를 보이면 다음과 같다.

　광화문에 가려면 마들에서/ 노원을 지나 중계 지나 하계 지나
　공릉 지나 태릉 지나 먹골 지나//〈중략〉
　동대문 지나 을지로 지나/ 종로를 지나가야 한다.
　입문하는 길이 이렇게 멀다.

　시인은 상계동에서 광화문에 이르는 지하철 24개 역 이름의 나열을 통해, 주변에서 중심부로의 진입이 얼마나 지난한 일인가를 매우 인상적으로 표현하였다.

　이 시를 읽다보니 문득 내 문청(文靑) 때의 일이 머리에 떠올랐다.

　그때 작가로 데뷔하는 길은 모름지기 신춘문예에 당선하는 것이라 믿었다. 《조선일보》와 《동아일보》가 마침 광화문에 있어

내 문학의 여정은 그곳에 맞추어져 있었다.

안암동에 있는 대학에서 정한숙 선생님을 사숙하며 소설 공부를 하였다. 그로부터 꿈을 향한 내 발걸음은 대광고등학교 앞을 지나고 신설동을 지나고 창신동을 지나고 일차 관문인 동대문을 통과해야 했다. 1970년 모 신문 신춘에서 최종심까지 올라 달려가면 금방이라도 목표지점에 도달할 것 같은 생각에서 잘 다니던 직장에 사표를 내던지고 배수진을 치듯 소설을 뜨겁게 껴안았다. 그러나 최종심에서 더는 높이 오르지 못하고 거푸 낙선의 쓴잔을 마셔야 했다. 함께 공부하던 친구 중에 일찍 등단했던 이은집·나명순은 내 소설이 종로 5가쯤에 와 있다며 조금만 더 힘을 내라고 격려하였다.

그즈음 가정경제가 파산하여 더는 문학에 정진할 수 없게 되어 내 문학은 고지를 눈앞에 둔 종로 4가 광장시장 앞에서 주저앉고 말았다.

지금 돌이켜 생각해 보면 종로 3가, 2가를 힘 있게 뚫고 앞으로 나갈 만한 뚝심이 부족했던 것 같다. 그것은 또한 내 문학적 소양의 한계이기도 했다.

해서, 나에게 광화문은 맺지 못한 첫사랑의 비련처럼 아련한 꿈의 고장이기도 하다.

아, 광화문!

(2021. 8. 24.)

내 큰 탓이로다
– 한 연구자의 참회기

지난 7월 29일 부천교육박물관 민경남 관장에게서 전화가 왔다. 교지 전시회를 하는데 한번 오지 않겠느냐는 것이었다. 상동역에서 전철을 타고 부천종합운동장역에서 내렸다. 매번 원미산에 오르기 위해 이곳에서 내렸는데 오늘은 교육박물관을 가기 위해서였다.

전시장은 관람객이 별로 없이 한산했다. 나는 혼자서 천천히 전시물을 살펴보았다. 전국 각지의 중고등학교 교지로 대부분이 창간호였다.

'이 많은 자료를 어떻게 다 수집했지?'

민 관장의 노고에 절로 감탄이 나왔다. 마지막 전시실로 돌아서는데 갑자기 확대된 사진 한 점이 눈에 들어왔다. 특히 이 사람이 상허 이태준이라고 화살표를 해놓은 것을 보고 그만 내 몸이 얼어붙듯 그 자리에 멈춰섰다. 명색이 이태준 연구가라는 나도 모르는 사진이 어떻게 여기 걸려있단 말인가. 지금껏 소개된 적이 없는 휘문학교 시절의 사진이었다.

박물관 사무실 문을 박차고 뛰어들어가 다짜고짜로 그 사진의 출처를 물었다. 젊은 여자 학예사가 "휘문고보 교지 제2호요."라고 상냥하게 대답했다.

"휘문 교지 2호?"

나는 둔기로 머리를 맞기라도 한 양 또다시 정신을 차릴 수가 없었다. 복서가 원투 스트레이트 연타를 맞은 듯한 기분이었다.

이태준 생애를 정리한 기록으로는 그의 장편소설 『제2의 운명』 첫머리에 실린 약전(略傳)이 비교적 소상한 것으로 알려졌는데 이 기록과 기존의 저술내용을 비교 검토해보니 생년월일을 비롯한 학력관계 등 초보적인 사항조차 각기 다르게 나타났다. 그래서 이태준 연구를 위해서는 부득불 1차 자료를 직접 찾아나서지 않으면 안 되었다.

첫 번째로 찾아간 곳은 상허의 본적지인 철원이었다. 그곳에서는 한국전쟁의 참상만을 확인했을 뿐 빈손으로 돌아와야 했다. 그의 호적 등의 입증 자료가 전화(戰禍)로 소실되었기 때문이다.

다음으로, 조용만 선생의 자전적 소설 『구인회 만들 무렵』에 '상허는 정지용의 휘문학교 후배였다.'는 문구에 착안하여 휘문고등학교를 찾았다.

그곳에서 학적부를 발견하고 내용을 검토하는 과정에서 고등보통학교 1학년(지금으로 말하면 중학교 1학년) 때의 '기호 급 지망'란에 씌어진 '문학'이라는 기록에 유념하여 관계 자료를 살펴보게 되었다. 그리하여 휘문고보 교지 제2호(1924)에 상허의 작품이 무려 6편이나 실려있는 사실을 확인하고 이를 바탕으로 「상허의 습작기 작품 검토」(1986)라는 소고(小考)를 발표하였다.

송기숙의 장편소설 『암태도』를 보면, "노루 쫓는 포수 눈에는 산 경치가 안 뵌다 …"는 내용이 나오는데 내가 그짝이었다. 이태준의 작품만을 쫓는 '사냥꾼'이 되어 더 없이 귀한 사진 자료를 못 보았던 것이다.

(한복 입은 이가 가람 이병기 선생, 아랫줄 맨 우측이 이태준, 뒷줄 맨 좌측이 박노갑)

사진 위에는, 본보 현상문 당선 제군(本報 懸賞文 當選 諸君)이라고 명기되어 있다. 휘문고보 교내 현상문 입상자와 교사(이일, 고영환 그리고 가람 이병기 선생)들이 함께 찍은 사진이다.

당시 부문별 입상자는 다음과 같다.

감상문

1등 김양현

2등 이태준

3등 전경렬·홍상회

시

1등 유지박

2등 안병덕

3등 김양현

기행문

1등 이태준

2등 이기봉

3등 박노갑

이태준은 기행문과 감상문 두 부문에 이름이 올라있다. 이로 미루어 상허는 학교 재학 때부터 글쓰기에 남다른 재능이 있었음을 확인할 수 있다. 한편, 여기에서 또다시 눈길을 끄는 이가 있었으니 이태준에 이어 기행문 부문 3등에 입상한 박노갑이다. 그는 1934년 조선중앙일보에 단편 「아내」로 등단한 소설가로, 특히 숙명여고 재직시 박완서를 지도했던 은사로 잘 알려져 있다. 상허의 2년 후배이다.

박노갑의 습작기 작품 내용은 다음과 같다. (표기는 현대어로 바꾸었음)

개성 여행기(3등)

박노갑

고대하던 10월 14일이 돌아왔다. 간밤에 요란하던 추우(秋雨)가 아직도 그치지 아니하였다. 인적이 그친 새벽거리에는 여기저기 등불이 졸고 있을 뿐이다. 학우 일행은 선생님 인솔하에 새벽 네시 반 북행열차(北行列車)를 타고 경성(京城)을 출발하다.

쓸쓸한 새벽바람은 차창을 새어 쌀쌀히도 불어온다. 그리고 가도 끝도 없는 암흑 속에 우렁차게 울리는 기적소리는 많은 사람의 새벽잠을 깨우친다. 이윽고 달려가던 기차는 임진강 철교 위에 이르렀다. 널따란 평야에 새벽은 벌써 밝았다. 건넛마을에는 푸른 연기가 피어오를 뿐. 저기 저 하얀 돛대는 임진강 하류로 내려간다. 그리고 동편 하늘로서 붉그레이 오르는 조일(朝日)은 이슬이 가득찬 강풍에 찬란히 비친다. 근지(近地)에 산천은 선명한 그림폭을 펴 놓은 듯 자연을 부르는 풀새에, 작은 벌레 소리는 한창 요란하다.

어느덧 기차는 개성을 당(當)하였다. 일행은 여기서 모두 내리니 자못, 아침 때가 되었더라.

송악산(松嶽山)을 배경삼아, 우거진 풍림 속에 여기저기 벌인 시가(市街)는 정말 유명한 송경(松京)을 이루었다. 그리고 외국인의 거주는 매우 희소하다. 시가 주위로 약간에 남은 성첩(城堞)은 풍우(風雨)에 변화를 받아 퇴락에 묻힌 구허(邱墟)만이, 오히려 왕시(往時)에 풍물을 그리고 있다. 남문으로 약 5리쯤을 나가면 편편한 산록(山麓)에 주초들이 여기저기 무수히 놓여 있으니 이곳이 만월대(滿月坮)다. 왕시에 변화를 꿈꾸던 풍물은 지금 우리에게 느끼는 눈물을 줄 뿐이다.

두어 마디 소감을 얻으니

가이없다 무너진 만월대

불어오는 추풍(秋風)에

상엽(霜葉)만

뉘더러 물을쏘냐

당대의 풍류를 소조(蕭條)하다

잔잔한 저 물소리

무너진 석잔(石棧) 앞에서

유한(遺恨)을 아뢰는 듯

산천은 여전한데

영웅은 어데갔노

무상한 이치는

만월대가 말하더라

개성으로 다시 돌아와 점심을 먹은 후 선죽교를 향하여 갔다. 잔잔히(潺潺-) 흐르는 청계(淸溪) 위에 퇴락에 잠긴 석교(石橋)가 있고 석교에는 수점(數點)의 혈문(血紋)이 있어 보는 자(者)로 하여금 눈물을 흐르게 한다.

일행은 여기서 출발하여 화장사(花藏寺)를 찾아가, 자고 익일(翌日) 박연(朴淵)으로 출발하다. 여기서부터는 산혜(山蹊)가 너무도 험하여 모험을 하지 않으면 아니되겠더라.

시내를 따라 나아가면 그윽한 숲이 있고 우러러 보면 천인절벽(千仞絶壁)에 동천(洞天)이 푸르게 보일 뿐이오 가도록 시냇 소리가 동학(洞壑)을 울리더라. 청추(淸秋)에 좋은 풍경을 일일이 수습(收拾)하고 산길로 오르고 올라 가다가는 너무도 산혜가 유수(幽邃)함에 갑자기 무서운 생각이 난다. 그러나 어느덧 일행은 이 길을 답파(踏破)하고 대흥산성(大興山城) 남문을 올랐다. 한번 내려다보니 천봉(千峰)이 눈 아래 솟아있고, 서해가 아득히 운무(雲霧) 속에 가려 있다. 여기서 다시 숲속으로 약 5리나 되는 산혜를 내려가면 지족암(知足菴)이란 암자가 있으니 옆에 석계(石溪)를 끼고 뒤에 고봉(高峯)을 등져 십여길 석계(石階) 위에 높이 솟은 고암(古菴)인데 전후좌우로 산과 바위가 기기묘묘(奇奇妙妙)한데 거기에 우거진 풍림(楓林)은 더욱 볼만하더라.

다시 한줄기 잔잔한 시내를 따라 자꾸자꾸 은은한 숲속길로 5리쯤 가면 대흥산성 서문이 있고 성문을 나가 비탈길로 범사정이란 조그마한 정자가 있다. 여기를 지나 절벽을 휘돌아 내려가면 매우 큰 동학에 풍림(楓林)은 우거지고 천인절벽을 깎아세운 듯한 굉장한 폭포가 그 동쪽으로부터 내려지니 이것이 박연폭포일러라.

두어마디 소감을 또 얻으니,

깎은 듯 절벽은 천인(千仞)이요

물들인 듯 단엽(丹葉)은 사벽(四壁)에 찬란하다.

저기서 내려지는 폭포수는

요란하게 대지를 울렸어라

바위에 새긴 글자

고인(古人)의 자취로다

우리도 글이나 읊어

바위에 적어보자

1923. 10

앞에서 이태준의 휘문고보 시절 귀한 사진 한 점과 아울러 박노갑 연구의 첫머리를 장식하게 될 습작기 한 편을 소개하였다.

그간 이태준 연구를 위해 진력해온 사람으로서 당시를 되돌려 생각해보면 감회가 새롭다. 휘문고등학교에서 학적부를 발견하고 특히 휘문고보 교지 제2호에서 이태준의 습작기 작품을 찾아냈을 때는 세상을 다 얻은 듯 기뻤었다. 그러나 벅찬 그 흥분감 때문에 상허의 사진과 박노갑의 작품을 놓치는 과오를 범하고 말았다.

만약 『이태준 연구』에서 이 사진을 소개했다면 그 뒤에 나온 상허 작품집에 실렸을 것이고 그랬다면 오늘날 독자들의 눈에도 이미 익숙한 한 '풍경'이 되었을 터이고 또한 「개성 여행기」는 박노갑 연구에 큰 보탬이 되었을 것이다.

학문 연구가로서 지난 잘못을 밝히고 깊이 통회하는 바이다.

내 탓이요 내 큰 탓임을 무겁게 깨닫는다.

《문예운동》124호 (2014 겨울)

詩가 어떻게 우리에게 왔는가

김장동의 『기파랑』(청한, 1991)은 '향가(鄕歌)'를 소재로 한 특이한 소설집이다. 그리고 최근에 정진권이 유작으로 남긴 소설집 『추어탕집 처녀』(범우株, 2020) 속에 향가 「서동요」, 「수로부인」, 「도천수관음가」를 제재로 한 작품이 수록되어 있었다.

이들 일련의 소설들을 읽고는 문득 향가를 모티브로 한 현대시가 있으면 좋겠다는 생각이 들어 복사골문학회에서 함께 활동하는 안금자 선생에게 참고자료를 제공하고 시작(詩作)을 권유했다. 내 말을 들은 안 선생은 약속한 2년 기한 안에 어김없이 14편의 작품을 써가지고 왔다. 그런데 그 작품들을 일독하고 보니 뭔가 부족한 것 같아 석가모니의 가피를 더 입혀오라며 詩를 되돌려 보냈다.

그러구러 6개월이 지나 새롭게 단장한 新鄕歌가 총총걸음으로 나를 찾아왔다. 그중 몇 수(首)를 보자.

1. 서동요(薯童謠)

가. 현대어 풀이

선화공주님은/ 남 몰래 정을 두고
맛동(서동) 도련님을/ 밤에 몰래 안고 간다

나. 안금자의 詩

연꽃으로 피다
- 서동요

그대, 사랑을 만나려면
마래방죽에 가야 하리
밤마다 몰래 맛둥서방을 안고 간다는
오래된 서동의 노래가
무성한 연잎들 사이에서 일렁이는 곳

달빛 쏟아지는 밤이면 지금도
서동과 선화가 바람결을 타고 내려와
천 년 전 반월성 문 앞을 서성이던
푸르던 날들을 추억하며
그때가 지금인가
지금이 그때인가

연꽃향에 취해 밤새 사랑가를 부르다가
새벽녘 이슬 털며 천상으로 돌아갈 때
그제야 숨죽이며 지켜보던 꽃망울들
천지사방 불꽃처럼 터지는

천만 송이 연꽃을 보기 전에는
사랑을, 어찌 사랑을 말하리

* 마래방죽: 궁남지의 다른 이름. 무왕(서동)이 선화공주를 위해 만들었다
  는 인공정원.

2. 헌화가(獻花歌)

가. 현대어 풀이

붉은 바위 가에/ 잡고 있는 암소 놓으라 하시고
나를 아니 부끄러워하신다면/ 꽃을 꺾어 바치겠나이다

나. 안금자의 詩

꽃을 꺾어 바치오리다
- 헌화가

화사한 봄날
파도 넘실대는 바닷가를 지날 때
수로부인, 한 마리 나비처럼
가마에서 사뿐 내려서

가녀린 손끝으로 가리키는 곳
하필 발길 닿을 수 없는 천 길 벼랑 위
그곳에 핀 철쭉꽃을 꺾어 오라니
뒤따르던 뭇사람들 고개를 절레절레

암소를 끌고 가다 고삐 놓은 이 늙은이
정녕 아니 부끄러워하신다면
가파른 절벽쯤 무슨 문제랴
주저 없이 오르리 아찔한 벼랑 끝에

꽃을 꺾어 그대에게 바칠 때
흐드러진 산철쭉 꽃잎 위에다
붉어진 내 마음 슬쩍 올려놓을 테니
하르르 내려앉아 나래를 접고
향기에 취하시라, 흠뻑 취하시라

3. 제망매가(祭亡妹歌)

가. 현대어 풀이

삶과 죽음의 길은/ 이(이승)에 있음에 머뭇거리고
나(죽은 누이)는 간다는 말도/ 못 다 이르고 갔는가?
어느 가을 이른 바람에/ 여기저기에 떨어진 나뭇잎처럼
같은 나뭇가지(같은 부모)에 나고서도/ (네가) 가는 곳을 모르겠구나
아아, 극락세계에서 만나 볼 나는/ 불도를 닦으며 기다리겠노라

나. 안금자의 詩

어떤 이별
- 제망매가

발인제가 끝나자
검정 리무진의 뒷문이
서서히 닫힌다
어딘가에서 다시 태어나거든
아프지 말라는 당부로 널 보내는
새벽빛 시린 장례식장 앞

삶과 죽음에 대해 생각한다

때가 되면 누구나 가야 할 길이지만
한 번 가면 돌아올 수 없는 길
어찌 담담히 보내랴
맵싼 바람에 맥없이 떨어진
파리한 나뭇잎, 널 이렇게 보내면
어쩌나 그리움으로 흔들릴 수많은 날들을

그렁한 눈물을 감추려고 뒤돌아
올려다본 갓밝이 하늘에
네 모습인가 창백한 하현달이 떠 있다
간다는 낯익은 목소리 이명으로 울어
황망한 이별 앞에 허둥대는데
검정 리무진 하현달을 싣고 떠나간다
아, 길이 닫힌다

인생의 고갯마루에서 지나온 세월을 되돌아보니 한 일이라고는
별반 없고 회한만 가득했다.

윤선도(尹善道)가 '오우가'에서 대나무를 일러, '나무도 아니고 풀
도 아닌 것'이라고 노래한 바 있는데 내 문학 인생이 바로 그 짝이
었다.

정작 시인이나 소설가도 못되고 작품의 맛이 짜네 싱겁네 하고
되지못한 객설을 늘어놓은 반거들충이로 살았다고나 할까. 그런

중에서도 딱 하나 재능있는 사람들의 문재(文才)를 알아보고 고무 격려한 작은 공(功)은 있지 않을까 싶다.

시인으로는 단연 안금자 선생을 손꼽을 수 있겠다. 이번 경우 말고도 「갯그령, 그 여자」를 비롯하여 「간절기」, 「아, 붉은 꽃」, 「윤 슬 편지」, 「꽃, 다시 피다」, 「검버섯」, 「봄바람」 등의 작품들이 어쭙 잖은 내 오지랖으로 인해 세상에 나오게 되었다.

그래서 나중에 저승 갔을 때 염라대왕이, "넌 저 세상에서 뭣 하 다 온 개뼉다구인가?" 하고 물었을 때 이 사실을 히든카드로 내밀 고 지옥行이나 면하게 해 달라고 싹싹 빌어 볼 작정이다.

그간 과중한 숙제를 묵묵히 수행해 준 안금자 선생께 깊은 감사 를 드린다.

(2022. 7. 15.)

한흑구 문학을 찾아서

지난 8월 11일 포항에서 한흑구(韓黑鷗, 1909~1979) 학술대회가 성대히 개최되었다. 명문대 교수와 저명한 평론가들이 대거 참여하여 한흑구의 문학세계를 총체적으로 조명한 이 행사에서 나는 종합토론자로 초청되어 뜻깊은 시간을 가졌다.

2009년 3월 이관희 선생이 수필이론서 한 권을 보내왔다. 이 책에서 선생은 한흑구의 「보리」를 설명하면서, '그의 수필은 시적 언어를 구사하고 있다'고 썼다. 이 내용을 보면서, 산문(散文)을 어떻게 시적 언어로 쓰게 되었을까 하는 의문을 품게 되었다.

때마침 곽원석 선생을 만나는 자리에서 이 같은 궁금증을 토로했더니 선생은 국회도서관에 있는 친구를 통해 한흑구의 자료를 찾아보아 주겠다고 약속했다.

2주쯤 지난 뒤에 선생은 한흑구의 시 10여 편과 단편소설 한 편을 복사해 왔다.

어라, 한흑구가 시를 써서 그랬구나 금방 의문이 풀리었다. 그러나 그 다음이 또 걸렸다. 소설까지 썼다는 것이니 한흑구를 단순히 수필가로만 알아 왔던 내게 그는 시, 소설, 수필을 넘나드는 거대한 산으로 다가왔다. 산이 있으면 올라야 하지 않겠는가. 그로부터 광범위한 자료 수집을 하게 되었다.

국회도서관에 이어 국립도서관, 연세대, 고려대 그리고 서울대 도서관 등으로 조사 영역을 점차 확대해 나갔다. 그 과정에서 수많은 자료들이 쏟아져 나왔다.

하루는 구자룡 선생의 문학도서관에 긴히 갈 일이 생겼다. 마침 선생은 당신이 소장하고 있는 시집을 정리하고 있었는데 뭐 눈에는 뭐가 보인다고 했던가, 웬 낯선 책 하나가 눈에 들어왔다.

1937년 평안북도 중강진에서 발간된 《詩建設》이란 시 전문 문예지였다. 놀랍게도 거기에 한흑구의 시 4편이 다소곳한 모습으로 숨어 있었다.

이 시는 무려 70여 년이라는 긴 시간을 어둠 속에서 잠자고 있다가 나를 만나게 된 놀라운 기연(奇緣)이 아닐 수 없었다.

나중에 안 일이지만 《詩建設》 제2호는 쉽게 만나기 어려운 귀중본이었다.

그 뒤 무슨 일이 있어 이번에는 부천교육박물관으로 민경남 관장을 만나러 갔었다.

"민 교수 요새 누구 연구해?"하고 관장이 물었다.

"한흑구인가 뭔가를 ×나게 찾아다니고 있습니다."하고 응답했더니 그는 "소설가 말야?"하고 반문했다.

나는 그가 문학전공자가 아니어서 엉뚱한 소리를 하고 있다고 생각하였다.

"소설가라니? 그는 「보리」라는 작품을 쓴 수필가예요."라고 내가 말하자, 그는 서고에 들어가서 《현대문학》을 들고 나와 한흑구가 소설가임을 입증하는 것이 아닌가.

1957년 9월에 발표된 「보릿고개」와 1958년 9월에 쓴 「귀향기(歸鄕記)」를 이렇게 해서 수집하게 되었다.

부뚜막의 소금도 입에 집어넣어야 짜다고 아무리 애써 모은 자료라 하더라고 책을 만들지 않으면 아무 소용이 없었다. 그래서 여러 출판사를 타진해 보았으나 한결같이 손사래를 치는 것이었다.

어떻게 한다? 오랫동안 고민하다가 요행으로 포항에서 동화를 쓰는 김일광 선생과 연결되었다. 그는 한흑구 선생과 함께 문학 활동을 했던 문하생이었다.

나는 그에게 단도직입적으로 말했다.

— 내년이 한흑구 선생 탄생 100주년이 되는 기념적인 해인데 내가 상당량의 원고를 준비했다. 어쩔 거냐?

김 선생은 몹시 놀라며 원고를 급히 보자고 했다. 그렇게 해서 2009년 6월 이대환 선생의 수고로 『한흑구 문학선집』을 출간하게 되었다. 여기에서 한흑구가 일제 강점기에 1년간 투옥되었다는 사실을 알게 되어 독립기념관 소장 자료를 탐문하여 다수의 작품을 새로이 발굴하게 되었다.

이렇게 모아진 자료들로『한흑구 문학선집(2)』를 내놓게 되었다.

두 권의 책을 통해 지금까지「보리」를 쓴 수필가로만 알려졌던 한흑구가 시, 소설, 평론 등 다방면에 걸쳐 활동을 했던 문학인임이 세상에 밝혀지게 되었다.

『한흑구 문학선집』1·2가 출간된 지 어언 10여 년이 지난 오늘 학술대회가 개최됨으로써 한흑구 문학의 꽃이 비로소 개화하게 되었다.

'한흑구의 수필은 어떻게 해서 시적 언어로 구사하게 되었을까?' 하는 작은 의문에서 출발했던 탐색작업이 마침내 한흑구를 한국 문학사 전면에 우뚝 서게 하는 쾌거로 이어졌다.

그간 작은 꿈을 이루고자 노력했던 나는 무한한 감개 뿐만 아니라 연구자로서 큰 자부와 보람을 느꼈다.

(2022. 8. 12.)

나. 가족 이야기

선인장꽃을 생각하며

30여 년 전, 집안이 파산되어 서울에서 부천으로 이사할 때의 일이다.

삼륜차 뒤칸에 살림살이를 가득 싣고 구석에는 연탄불까지 얹었다. 불을 꺼뜨리지 않고 가져와야만 잘산다는 어머니의 각별한 당부 때문이었다. 아내와 노모 그리고 올망졸망한 세 남매는 인척의 승용차를 타고 먼저 출발하였고, 나는 전셋돈이 든 가방을 어깨에 둘러멘 채 당시로는 제일 값나가는 전자제품인 TV를 조심스레 안고 운전사 옆 조수석에 앉아 서울을 떠났다.

셋집에 도착하자마자 곧바로 이삿짐을 풀었다. 연탄불을 제일 먼저 내려놓고 이어 가구와 TV, 냉장고 그리고 책과 난초 화분들이 제 각각 자리를 잡은 뒤 그 밖에 당장 생활에 필요한 것을 뺀 허드레 짐은 빈 공간에 마구잡이로 쓸어 넣었다. 그리고 일상으로 돌아와 눈코 뜰 새 없이 얼마간 바쁘게 지냈다.

그리던 어느 날, 무언가 찾을 게 있어 잡동사니를 쟁여 놓은 창고의 문을 열었다. 그러자 잔뜩 얼크러졌던 짐들이 한꺼번에 밖으로 쏟아져 나왔다. 그런데 짐들 중에 한쪽 귀퉁이가 떨어져 나간 선인장 화분이 눈에 들어왔다. 나를 놀라게 한 것은 선인장이 캄캄한 창고 속에서 붉은 꽃을 피우고 있었던 것이다.

'고가의 전자제품, 그럴듯한 난(蘭)은 그렇게 애지중지하면서 나는 값어치 안 나가는 허섭스레기라 이거지? 좋아, 내 어떻게라도 살아남아….'

어두컴컴한 창고 안에서도 살아남기 위해 몸부림친 것은 물론이요 빠알간 꽃까지 피웠으니…. 그러니 그 꽃이 마치 선인장의 절규로 인식되었다.

'아, 미안하다….'

순간 부끄러움으로 내 얼굴이 붉어졌고, 찾던 물건도 잊은 채 쪼그려 앉아 선인장 화분을 조용히 쓰다듬었다.

이 세상 어느 미물이든 존재 가치가 없는 것이 어디 있겠는가. 다만 때와 장소 그리고 주어진 환경에 따라 우리는 가치를 정한다. 선인장도 마찬가지였다. 내 살림살이가 여유로울 때에는 창가 모서리에 자리 잡고 실내의 우아한 분위기를 조성하는 데 일조하였지만, 도망치듯 서울을 떠나 셋집에 짐을 풀면서는 더 이상 불요불급한 것이 아니어서 일반 잡동사니와 함께 창고에 처박히는 신세가 되었던 것이었다.

주인에게 버림을 받았지만 선인장은 살아남았다. 아니 살아남았을 뿐 아니라 자신의 가치를 묵묵히 발하고 있었다. 주인이 보건 안 보건, 창고 안에 햇살이 비치건 안 비치건, 관계치 않고 오로지 주어진 여건에 적응하며 자신의 가치, 자신의 존재 의미에 따라 말없이 제 할 일을 하고 있었다. 그것은 바로 꽃을 피우는 일이었다.

모두들 사는 게 어렵고 책이 안 팔린다고 한다. 시와 소설이 팔리지 않으니 수필은 말할 나위도 없다. 이때에 우리 문학인들은 어떠한 자세를 가져야 할까.

문학을 한다는 것, 문학인으로 산다는 것. 그것은 어쩌면 그 길을 걷는 사람들 스스로가 택한 운명과 같다. 그런데 길이 험하다고, 주인이 돌봐주지 않는다고, 햇빛이 비치지 않는다고 창고 속에 처박혀 있다고, 물 한 모금 주어지지 않는다고 주인을 탓하며 한숨만 내쉬고 있어야 할까.

세월이 어찌 돌아가든 속세의 일에 초월하자는 것은 아니다. 다만, 문학인으로 살아가는 길은 스스로 자신의 가치를 높이며 가치가 발하도록 묵묵히 창작에 임하는 길임을 다시 한번 되새기고 싶어 하는 말이다.

오늘도 눈을 감고 잠시 어둠 속에서 꽃을 피웠던 선인장을 생각해본다.

《한국수필》196호(2011. 6.)

손녀딸의 부탁

어느 날 손녀딸 규리가 조심스럽게 옆으로 다가오더니 할아버지에게 특별한 부탁이 있다고 하였다. 이따금 제 엄마가 사주지 않는 고가의 장난감을 사준 적이 있어 또 그런 것이려니 여겼는데 이번 부탁은 아주 뜻밖에도 동화작가 손연자 선생의 서명을 두 장 받아달라는 것이다.

얼마 전의 일이다. 복사골문학회에서 개최하는 한 문학 행사에 손연자 선생이 특강연사로 초청되었다. 그 자리에서 대학시절 문우였던 선생을 실로 50년 만에 해후하였다. 선생은 당신의 저서인 『마사꼬의 질문』에 사인을 해서 나에게 선물로 주었다. 나는 규리에게 그 책을 주면서 할아버지 친구가 쓴 것이라고 말했다.

초등학교 5학년인 규리는 국어 교과서에 수록된 『마사꼬의 질문』을 공부하면서 이 작품의 지은이가 할아버지 친구 분이라고 자랑스럽게 떠들어댔다. 담임 선생은 "규리는 좋겠다, 훌륭한 작가 선생님도 알고… 사인 한 장 받아다오." 하였다.

'애들 앞에서는 말을 함부로 해서는 안 되는 것이구나.'를 새삼 상기하면서 이미 벌어진 일을 조속히 수습하지 않으면 할아버지 체면이 말이 아닐 절박한 형국이었다.

손 선생에게 자초지종을 설명하고 죄송하다고 하자 '그런 게 다 사는 맛이 아니겠느냐'며 웃으며 응대해 주었다.

얼마 뒤 손 선생의 서명본 책이 규리와 그의 담임 선생에게 우송되면서 사태가 마무리되었다. 유명작가를 안다고 폼 잡다가 식겁했지만 이 일을 계기로 작은 소득 하나를 얻었다.

대학에 입학하면 연애와 낭만을 꿈꾸기 마련인데 1962년 대학 신입생은 그야말로 재수가 옴 붙은 학번이었다. 5·16 후 첫 번째로 실시한 국가고사와 체력장 때문에서인지 그해 SKY대 국문과에 입학한 여학생이 거의 없는, 기상천외한 일이 발생하였다. 여학생을 구경하기 위해서는 부득불 이대와 숙대를 아우르는 동아리를 만드는 수밖에 없었다. 그렇게 해서 '5개 대학 문우회'가 급조되었다. 그때 회장은 임형택(후일 성균관대학 교수로 저명한 국문학자가 됨), 부회장은 내가 맡았고, 손연자 선생은 문학부분 한 장르의 부장이었던 것으로 기억된다. 우리들은 각 대학을 순방하면서 다양한 문학 활동을 전개하였고 토론도 많이 하였다.

참, 그때 이런 일도 있었다. 한 여학생이 자기네 과 연극 행사에 초대를 하였다. 다른 사람은 약속이 있다고 다 빠지고 나만 따라 가게 되었다. 그녀는 학교 앞 꽃가게에서 5천 원짜리 축하 화분을 사면서 만 원짜리 영수증을 떼달라고 주인에게 요구하였다. 이 일을 보고 매우 놀란 나는 이 내용을 「꽃집」이란 제목의 콩트로 써서 학교 신문에 발표하였다. 내 글이 활자화되는 기쁨을 누렸지만 다른 한편으로는 그녀가 내 곁을 떠나는 슬픔을 맛보아야 했다.

나이 일흔, 사회로부터 용도 폐기되었다는 자괴감으로 힘없이 살아가는 나에게 손녀딸의 느닷없는 부탁은 잊고 지냈던 젊은 시절을 회억케 하는 신선한 바람이 되어 주었다.

규리야, 고맙다.

(2013. 2. 1.)

칠순 생일날에 부쳐

1

한식을 맞아 성남 심곡동에 자리한 선영 묘소를 참배하고 내 칠순 맞이 점심을 함께 할 예정이었으나 비가 온다는 예고가 있어 다음과 같은 문자를 식구들에게 띄웠습니다.

– 비가 온다니 단미그린비(02-445-86XX 서울 강남구 자곡동 286, 12시) 로 곧바로 와주십시오.

2

안녕하십니까.

부끄럼 많이 타고 울기 잘하던 '삼봉탄'(음력 생일 3월 보름을 어릴 때 이렇게 잘못 발음하여 별명이 됨)이 어느덧 일흔 살이 되어 어르신네 앞에 감히 흰 머리카락을 보이게 되었습니다. 예전, 달 골에서 환갑 노인네들 대접받던 때를 떠올리면 감회가 새롭습니다.

언젠가 들레가 말하기를, 제가 그간에 한 일 중 잘한 것은 교직의 길을 걸은 것과 저희 어멈을 선택한 두 가지랍니다. 시답지 않은 농담으로 알고 흘려버렸는데 요즈음 가만 생각해보니 일리가 전연 없는 말은 아닌 듯합니다. 현실감각이라고는 도통 없고 어리바리한 제가 생존경쟁이 치열한 이 세상에서 할 수 있었던 일이 과연 무엇이었을까.

아마도 출판사 한 구석을 차지하고 있다가 '사오정'이 되어 집에서 글을 쓴네 하고 담배깨나 축내는 룸펜이 되었을 것입니다. 그렇다면 사는 꼴은 말할 것도 없고 아이들도 엉망이 되었을 터인데 다행히 교직에 몸담고 있어서 이만큼이나 살았고 몇 권의 책도 낼 수 있었던 것이 아닌가 합니다.

다음으로, 마누라에 대한 얘기입니다. 이렇게 말하면 팔불출이라고 흉보겠지만 오늘은 한마디 해야겠습니다.

스물셋 어린 나이에 시집와서 대가족 식구들 수발들고 제사 지내느라 손 마를 날 없었고 세 아이 키우느라 고생 많이 하였습니다. 웃어른 모시고 딱한 사람 인정 베푸느라 손 크다 살림 헤프다 말도 더러 들었지만 그렇게 안 했더라면 오늘 같은 가족 간의 끈끈한 유대감이 형성되었을까요. 밴댕이 소갈딱지에 걸핏하면 팩 하기 잘하는 제 처신으로는 어림 반푼어치도 없는 일입니다. 그런 의미에서 우리 집 맏며느리 하나는 잘 들어온 것 같습니다.

그러나, 부족한 제가 오늘이 있었던 것은 조상들의 음덕과 더불어 가족 여러분의 도타운 정, 무한한 사랑 덕택이었다고 할 수 있습니다.

창환이가 방송국에 갓 입사했을 때 분유를 가져온 적이 있었는데 들레는 그것을 먹고 컸습니다. 지금도 남양분유 통에 그려진 어린아이 그림을 볼 적이면 그때가 생각나서 눈가가 시큰해집니다. 아기는 배고파 우는데 아범이라고 돈을 벌지 못해 분유를 살 돈이 없었던 것입니다. 그리고 훗날 얘기지만 홍기가 일본 회사에 취직했을 때 아무도 보증을 서주지 않았는데 종환이가 선뜻 도장을 찍어 주었습니다.

정자가 안성에 집을 마련해 놓고 마음고생을 많이 했는데 그 덕으로 동환이를 살게 해주었습니다.

아버지 형제분들 일찍 돌아가시고 상계동 작은아버님께서 홀로 우리 집안의 등대 역할이 되어 주신 것, 작은 어머님들이 건강히 계신 것…….

'감사, 감사 또 감사' 할 일이 아닐 수 없습니다.

그리고, 고등학생이 된 경민이, 중학생이 된 경현이, 초등학교 6학년이 된 규리, 줄넘기를 잘하는 찬우, 공부를 잘하는 주하, 예쁘게 잘 생긴 현우, 너희들의 할아버지가 된 것이 무척 자랑스럽다.

끝으로, 이의재·민들레·이향미·민홍기·최승자·민승기야, 부족한 애비 생일 차려주느라 수고 많았다. 고맙다. 사랑한다.

(2013. 4. 7. 칠순 생일에)

만쥬[4]의 추억

　월북작가 상허 이태준을 연구할 때였다. 휘문고등학교에서 어렵사리 상허의 학적부를 찾아내어 자료를 검토하던 중 한 가지 의문을 갖게 되었다.

　상허의 학업성적은 상위권에 속할 정도로 우수한데 결석이 1학년 21일, 2학년 30일, 3학년 때는 무려 41일이나 되었다.

　왜 그랬을까. 이유를 알아보기 위해 졸업생 명단을 살펴보니 동급생 중에는 국무총리를 역임했던 백두진(白斗鎭), 화가 이마동(李馬銅) 그리고 문화재 수집가이자 교육자인 간송 전형필(全鎣弼) 등 기라성 같은 인사들이 즐비했으나 모두 타계하여 사실을 확인해 볼 수 없었다. 이때 불현듯 머리에 떠오르는 이가 '9인회'의 일원으로 활동했던 조용만(趙容萬) 선생이었다.

　조 선생은 그때 수원에 있는 '유당마을'에 기거하셨다. 대학 때

---

4) 만쥬는, 만두가 화과자로 변형된 것으로 밀가루, 쌀 등의 반죽에 소를 넣고 구워서 만든다. 앙금으로는 고구마, 밤을 쓴다.

선생에게 교양 영어를 수강했던 인연이 있어 면담은 더욱 쉽게 이루어졌다. 조 선생은 상허에 관한 귀중한 증언을 많이 해 주셨다.

상허[5]는 부모님이 안 계신 탓에 고학을 했는데 특히 월사금 마감에 즈음해서는 학업을 작파하고 경부선 등 열차 안을 바삐 뛰어다녀야 했다.

상허가 만쥬와 책을 팔았다는 기록을 후에 보게 되었는데 그때 '만쥬'는 필시 '만두'의 오식일 것이라고 지레짐작하였다. 그래서 이태준 초창기 연구 글에는 '상허가 고학할 때 만두와 잡지를 팔았다'고 기술한 바 있었다.

그 뒤 지하철 시대가 열리고 역사 주변에 '만쥬집'이 생기면서 예전에 내가 썼던 글이 잘못되었음을 알고 몹시 부끄러웠던 기억이 난다. 어느덧 30여 년 전의 일이다.

어머니는 연세가 아흔둘이신데 5년째 요양병원에 입원해 계셨다. 어느 날 병실을 찾았을 때 어머니는 이모님이 전철역에서 사 오신 만쥬를 들고 계셨다.

"맛 있으세요?"

"응, 아주 맛나."

어머니는 이제 며느리는 물론 나까지도 간혹 못 알아보실 만큼 정신이 혼미해지셨지만 식욕은 왕성하셨다. 그로부터 어머니 문

---

5) 상허는 휘문고등보통학교 제4회 (通回 18회, 1926년 졸업)에 해당되나 1924년 동맹 휴교의 주모자로 연루되어 퇴학당했음.

병갈 때는 '빵 굽는 작은 마을'에서 샀던 부드러운 카스텔라 대신 꼭 만쥬를 사갔다.

　내가 살고 있는 부천 상동에서 만쥬를 파는 송내역까지는 부지런한 발걸음으로 땀이 이마에 촉촉이 밸 정도로 다소 먼 거리였다.

　'예전에 상허가 고학하면서 팔았다는 만쥬를 만년의 우리 어머님이 즐기시다니!'

　나는 오늘도 송내역을 향해 힘찬 발걸음을 내딛는다.

《시와동화》 2014년 가을호

제망제가(祭亡弟歌)

어느 가을 이른 바람에

여기저기 떨어지는 나뭇잎처럼

한가지에 나서도 가는 곳을 모르는가!

-〈제망매가〉 중에서

2015년 6월 19일 (금)

　어머니는 슬하에 3남 1녀를 두셨다. 그중 둘째인 창환이는 영민하고 바지런하고 성격이 싹싹하여 뭇 사람으로부터 칭찬을 많이 받았고 커서는 크게 출세하여 우리 집안의 자랑이 되었다. 그 아우가 소세포 폐암 진단을 받았단다.

　폐암은 남자가 여자보다 2배나 더 많이 걸리고 초기증상이 없어 거의 말기에나 발견된다고 한다. 아우가 불행하게도 그 '덫'에 걸렸던 것이다.

입원에 앞서 형제자매 가족들이 분당에 있는 한 남도음식점에서 점심을 함께 했다. 장어를 먹었는데 주인이 홍어 애를 서비스로 내주어 맛있게 먹었다.

나는 병원에서 읽으라고 『인생수업』이라는 호스티스 병동에서 오랫동안 근무했던 정신과 의사가 쓴 책 한 권과 언젠가 '나바위 성지'에서 가져온 그림엽서(그곳 수녀가 그린 소박한 그림인데 그것을 보고 있으면 왠지 모르게 마음이 편안해졌다. 내가 집 안 성모상 앞에 놓고 보던 애장품이다.) 한 장을 선물로 주었다.

병을 대신해 줄 수도, 나누어 가질 수도 없어 미안했다.

6월 20일 (토)

장어를 잘 먹어서 지금까지 든든하네요.

오늘 오전에 주치의로부터 비교적 상세히 들었는데 발병 근원지인 〈폐〉에서 시작, 〈부신〉〈림프절〉〈목〉 부위 등 이미 많이 전이가 되었다네요.

모든 것이 제 탓이므로 큰 욕심 내지 않고 종전처럼 탁구 치고 음악감상, 3과목 어학 공부하며 하루하루 즐겁게 투병해서 조금 더 살 수 있는 데까지 끌어가 볼께요. 모두 모두 감사합니다. 이래서 가족이 생활보다 훨씬 더 소중하다는 것을 이제라도 깨닫게 해주신 하느님께 감사합니다.

집안의 모든 분들께 죄송하네요.

민창환 올림

이 문자를 받고 답장을 보냈다.

— 많은 사람들과 걱정을 나누고 함께 기도하는 데 동참하기로 했으니 힘내라, 잘 될 것이다.

이내 답신이 왔다.

— 형님, 형수님 감사합니다.

6월 21일 (일)

아내가 우리 성당 카타리나 자매님이 '영빨'이 잘 듣는다는 '메주고리'로 성지순례를 떠난다는 말을 듣고 아우인 창환 스테파노의 쾌유를 위해 기도해 달라고 단단히 부탁하였다.

오늘 미사 시간에 나오는 복음 말씀은 "너희 가운데 두 사람이 이 땅에서 마음을 모아 무엇이든 청하면, 하늘에 계신 내 아버지께서 이루어 주실 것이다…"이고, 성당에서 내준 '2015년 365일 성경 읽기표'에 나오는 오늘 내용은 잠언 제17장 17절 "친구는 언제나 사랑해 주는 사람이고 형제란 어려울 때 도우려고 태어난 사람이다."라는 의미심장한 내용이었다.

저녁 6시 막내 며느리가 운전하는 차를 타고 들레와 함께 수지에 있는 창환네로 문병을 갔다. 범기 장모님도 오셨다.

〈빠른 쾌유를 기도합니다 – 충환, 정자, 동환〉이라고 쓴 편지봉투를 놓고 왔다. 그 속에 삼형제가 50만원씩 갹출한 돈이 들어 있었다.

인근에 있는 음식점에서 저녁을 함께 했다. 모두들 아무 말도 않고 식사만 하는데 사정을 모르는 범기네 어린 딸의 재롱소리만 드높았다.

6월 22일 (월)

아내가 전북 고창에 있는 진숙 씨에게 창환이에게 줄 복분자 생즙을 부탁했다.

오늘 냉장고에 넣어두면 목요일쯤에 단단히 얼게 되는데 그러면 금요일에 받을 수 있도록 조치하겠단다.

6월 26일 (금)

복분자 생즙 10kg을 잘 받았다는 제수씨의 전화를 받았다. 복분자가 제발 '생명수'가 되기를 기원해 본다.

6월 29일 (월)

아내가 아파트 내 헬스장에 갔다가 의사 L씨를 만나 창환이의 병에 대해서 문의했더니 미세포 폐암은 아주 몹쓸 병으로 1년을 살기 힘들다고 했다고 한다.

7월 1일 (수)

어머니 49제를 맞아 우리 가족들이 성남 선영에 모여 제사를 지냈다. 이 자리에서 창환이가 자기의 병에 대해 작은어머님들께 상세히 설명했다. 죄송하다며 열심히 치유하겠다고 결연히 말하였다.

옆에서 간호하는 제수씨의 안색이 많이 수척했다.

7월 14일 (화)

여동생 정자가 창환이한테 "족발 사다 줄까?"하고 전화했더니 먹을 게 많다며 "지금 같아서는 항암주사라도 맞을 수 있으면 원이 없겠다."고 했단다.

백혈구 수치가 낮은 관계로 그도 여의치 못하고 상태가 호전되기만을 기다리는 판, 항암주사를 예정대로 다 맞아도 살아날까 말까한 처지인데 진퇴양난의 형국이다.

아우는 그런 딱한 처지에 놓였는데 나는 끼니때마다 밥도 잘 먹고 잠도 잘 잤다. 부끄러운 일이 아닐 수 없다.

돌이켜 보면 변변치 못한 형이라 아우에게 해준 것이 없어 별다른 추억을 갖고 있지 못하다. 곰곰 생각해 보니 아우는 나와 우리 집안을 위해 그간 큰일을 많이 했었다.

나는 군대 생활을 서울에서 했는데 아우는 명절 때마다 음식을 잔뜩 싸가지고 부대로 면회를 왔었다. 아우는 교복을 입었는데 가슴에 단 Y대 배지가 반짝거려 위병소 초병이 부러운 눈으로 바라보곤 했었다.

두 번째로, 아우는 지리산 등반길에 진주에 들러 처갓집 사정을 소상히 알아보고 온 뒤 내 혼사를 적극적으로 추천하였다.

세 번째로, MBC 장학퀴즈 출제위원으로 나를 천거해 주어 어려웠던 시절 경제적으로 많은 보탬이 되었다.

네 번째로, 어머님이 생존해 계셨을 때 시간이 날 적마다 이곳저곳을 모시고 다녔고 특히 전쟁 때 피난 갔던 천안시 광덕면 매당리 소재 이동월 씨 댁을 찾아가 인사를 드렸던 일은 매우 고맙게 생각한다.

다섯 번째로, 아우는 우리 집에 천주교를 전교하여 모든 식구들이 믿게 하는 종교 대통합을 이루었다.

그리고 퇴락한 명문가의 선산은 을씨년스럽고 쓸쓸하여 남들로부터 비웃음을 사기 마련인데 평소 이를 잘 단장하여 아름다운 진달래 동산으로 조성해 준 것도 아우의 공이었다.

·
·
·

그리고 폐암 말기의 병 위에 폐렴이 갑자기 아우에게 들이닥쳤다.

2016년 1월 12일 (화)

아내와 몇 가지 음식을 해가지고 창환이가 재입원한 서울 아산 병원으로 달려갔다. 여러 음식 중 도토리묵만 조금 먹었다.

그곳 신부가 병자성사를 해주었는데 제 성당 신부가 아니어서 그런지 도통 성의가 없었다. 그러나 아우는 단정하고 반듯한 자세로 신부를 맞았다.

1월 13일 (수)

의사가 항암치료를 계속하지 못한다는 통보를 함.

1월 14일 (목)

의사로부터 2, 3일을 못 넘기겠다는 최후 통첩을 받음.

1월 15일 (금)

인사불성의 깊은 잠에 빠져 숨만 큰 소리로 헐떡거림.

1월 16일 (토)

새벽 4시 55분 영면, 아우네 집 근처에 있는 분당 서울대 병원으로 운구.

1월 18일 (월)

수지 동천성당에서 장례미사 엄수.
화장 후 용인 천주교 묘역에 안장.

1월 20일 (수)

아내가 장만해 간 음식을 산소 앞에 진설해 놓고 삼우제를 지냈
다. 절을 한 차례 하고 아우에게 이 글을 바쳤다.

아우를 보내며

아우님, 아픈 병 세상 걱정 다 내려놓고 편히 가시게
아우님은 우리 집안의 자랑이고 보람이고 기쁨이었네
나보다 먼저 갔으니 이제부터 아우님이 내 형이네
내가 그곳에 갈 때까지 어머님 잘 모셔 주게
아우님이 이생에서 마지막 했다는 말, 나도 아우님을
'사랑해요'[6]

---

6) 아우가 하늘로 떠나기 이틀 전 아이들에게 무언가 가져오라고 손짓하여 종이와
펜을 갖다 주었더니 비뚤비뚤한 글씨로 '사랑해요'라고 썼다고 한다.

2016. 1. 20. 삼우제 날에

형 충환

이렇게 예순아홉 해를 살다간 아우와 영결(永訣)하였다.

(2016. 1. 25.)

캐나다에서 쓴 편지

1

2016년 6월 15일부터 7월 22일까지 36일간 나와 여동생 내외 네 사람이 해외여행을 하였다. 캐나다에 사는 사촌동생네 방문이 목적이었는데 어느 한 집에 오랫동안 머물기가 어려워 현지 여행사를 통해 미국과 멕시코 그리고 퀘벡, 나이아가라 등지를 돌아다니게 됨으로써 결국 북미여행(北美旅行)을 한 셈이 되었다.

여행기간만 해도 그렇다. 2박 3일이나 일 주일 정도가 아니라 한 달이 넘는 장기간이 된 것은 비행기 표를 현금으로가 아니라 마일리지로 구입한 데 기인(基因)했다. 여동생네는 그간 축적해 놓은 마일리지가 있어 되었는데 문제는 우리였다. 나와 아내 것을 합쳐 보아도 생쥐 볼가심할 것밖에 안 되어 결국 해외출장을 자주 다니는 사위 것을 변통해야 했다. 이렇게 저렇게 하여 대망의 여행길에 오르게 되었다.

이 일은 매제가 전담하여 수고하였는데 날짜가 그렇게밖에 안 나와 어쩔 수 없이 그리 된 것이다. 처음에는 취소하려고도 했지만 지금 아니면 언제 여행을 갈 수 있겠느냐고 눈 딱 감고 추진하였다.

우리 나이가 어느새 일흔이 넘은 '서산에 걸린 해'이기 때문이다.

2

캐나다에 도착해서 제일 먼저 한 일은 연전에 돌아가신 작은아버님의 묘소를 찾는 것이었다.

우리 일행 네 사람은 준비해 간 제물을 진설해 놓고 작은아버님께 술을 한잔 따른 뒤 일제히 절을 올렸다. 그리고 내가 한마디 하였다.

작은아버님, 충환입니다. 어제 캐나다에 왔습니다. 뒤늦게 찾아뵙는 불효를 용서해 주십시오.

어제는 형제들이 모두 모여 혜자가 준비한 성대한 저녁을 들면서 담소를 나누었습니다. 그중에서 작은아버님 만년의 행적에 대해서 소상히 전해 듣고 깊은 감동을 받았습니다. 평소 작은아버님에게 갖고 있던 부정적인 인식을 백팔십도 반전시키는 놀라운 내용이었습니다.

작은아버님은 역사에 큰 족적을 남기는 삶을 사시지는 못했지만 가족들에게 무한한 사랑과 신뢰와 존경을 받는 삶을 사셨습니다. 우리는 그런 사람을 일러 '작은 영웅'이라고 합니다.

뒤늦게나마 깊은 존경을 드리며 주님의 은총 속에 하늘나라에서 영면하소서.

2016. 6. 16. 작은아버님 묘소에서

조카 충환 올림

3

King Buffet에서 점심을 먹고 집으로 돌아가는 길이었다. 제수 씨가 운전하는 차에는 아내와 여동생이, 사촌동생인 중환이가 운전하는 차에는 나와 매제(妹弟)가, 즉 남자와 여자가 각각 '찢어져' 탔었다. 그런데 내가 탄 차가 느닷없이 길 한가운데에서 시동이 꺼졌다. 뒤에서 차들이 줄지어 오고 있는데 큰일이었다. 매제와 함께 고장난 차를 뒤에서 힘껏 밀어 겨우 길가에 세웠다.

중환이는 급히 차량정비소를 찾아나서고, 낯선 이국 땅에서 졸지에 미아(迷兒)가 된 우리 두 사람은 길가 잔디밭에 퍼더버리고 앉았다. 길 모퉁이에는 Barton st west라고 쓴 안내판이 서 있었다.

뜨거운 여름 햇볕은 사정없이 머리 위에 쏟아져 내렸다. 실히 한 시간쯤 지날 무렵이었다. 한 백인 중년부인이 물병 두 개를 들고 우리 앞에 나타났다. 그리고는 뭐라고 얘기하는데 알아들을 수가 없어 우리는 한국에서 왔다고만 거듭 말했다.

부인은 다시 자기 집으로 들어가 이번에는 스마트폰을 갖고 나와서 우리 앞에 내밀었다. 거기에는 영어와 그 밑에 우리말로 번역된 "무엇을 도와 드릴까요?"라는 글자가 적혀 있었다.

그때야 비로소 모든 사정을 알아차릴 수가 있었다.

부인이 당신 집 베란다에서 내려다보자니 우리 모습이 딱해 보여 호의를 베풀었던 것이다. 우리는 땡큐를 연발하며 이곳에 사는 아우가 곧 올 것이라고 말했다. 부인은 도움이 필요하면 당신을 찾아달라며 집으로 돌아갔다.

그러고도 한참만에 중환이가 나타났다. 그래서 그에게 조금 전에 있었던 부인의 얘기를 하자 중환이는 이곳에서 자기가 경험했던 일을 들려주었다.

— 캐나다 사람들은, 슈퍼마켓에서 고객이 계산을 하다가 돈이 부족하면 뒤엣사람이 서슴없이 내어주고, 혹 부녀자들의 차가 길에서 펑크가 나서 안절부절못하면 누군가가 나서서 고쳐준다는 것이었다.

이제 중환이까지 합세한 우리 세 사람은 레커차가 오기만을 기다리며 거리를 무연히 바라보고 있었다.

우리들이 앉아 있는 곳에는 STOP 표지판이 있었는데 차들은 그 앞에서 어김없이 멈추어 섰다. 그 차들은 선생님 말씀을 잘 듣는 초등학생처럼 한결같이 양순했다.

'잘못 들어선 길이 지도를 만든다'고 했던가. 그때 우리는 해밀

턴 한 주택가에서 차가 고장나는 바람에 얼마간 고생을 했지만 그
곳에서 캐나다 국민들의 친절성과 높은 준법정신을 배울 수 있었
던 귀한 시간이 되었다.

4

사촌네 막내아들인 경환이가 내가 머물고 있는 여동생 혜자네
집에 오면서 캔 맥주 열 통을 사가지고 왔다. 여자들이 부엌에서
음식을 만드는 동안 나는 무료한 시간을 보내기 위해 멸치 똥을
빼기로 하였다. 경환이도 내 옆으로 다가와 일을 거들었다.

나는 한국전쟁 때의 얘기를 들려주었다.

우리 집은 대가족이라 마차 두 대에 짐을 나누어 싣고 피난길을
떠났다. 여러 짐 중에 특히 대나무로 엮어 만든 '가:고' 속에 어린
동생들이 들어있었다.

나는 일곱 살, 초등학교 1학년이라 그곳에 들어갈 수 없어 어른
들을 따라 걸어가야 했다.

그때 다른 애들은 얌전히 있었는데 유독 경환이가 자주 울었다.
울어도 보통 우는 것이 아니라 질기도록 오래 악지게 울었다.

"너는 고집이 무척 셌다. 울어도 징글맞게 울었지…."

내 말을 듣고 경환이는 설핏 웃었다. 그의 앞에는 똥을 뺀 멸치
가 내가 한 것보다 더 많이 수북히 쌓여 있었다.

이윽고 저녁때 그가 사온 맥주를 들면서 오랫동안 얘기를 나누다 경환이는 밤늦게 제 숙소로 돌아갔다.

나중에 매제(혜자 남편)가 놀라운 얘기를 들려주었다.

지난 10여 년 동안 경환이가 당신 집에 오면서 무엇을 사들고 온 일도, 얼굴에 웃음을 보인 일도 없었는데 맥주를 그것도 열 통이나 사가지고 왔을 뿐만 아니라 형과 얘기를 나누는 도중에 웃었다는 것이다. 그리고 더욱 놀라운 일은 경환이가 멸치 똥을 빼는 일을 이곳에서 했다는 사실이다. 그것이 자기가 보기에는 '기적(奇蹟)'이라는 것이다.

나는 기적이라면 예수님이 보이시는 놀라운 역사(役事)를 머리에 그려 왔는데 이것이 기적이라니?

이역만리 캐나다에 살면서 정에 목말라 지내다가 고국에서 형이 와서 그간에 동토처럼 얼어붙었던 경환이 마음이 풀린 것이리라. 기적처럼.

5

우리는 매일 이런저런 사람들을 만나 울고 웃고 서로 부대끼며 살아간다. 그런데 그런 일상적 만남이 아니라 때로는 뜻밖의 장소에서 아주 특별한 만남을 경험하기도 한다.

캐나다 여행길에서 만난 수필가 민혜기 선생이 그렇다.

민 선생과의 만남은 어느 주일날 교회 한 사무실에서 이루어졌다. 그분은 단아하고 조신하게 생긴 귀부인이었다.

그분은 작은아버지를 민가(閔哥) 항렬에 따라 할아버지라고 호칭했다.

— 캐나다에서는 나이 80세가 되면 자동차 면허증을 갱신하는데 할아버지가 그 심사 과정을 무사히 통과하였다. 자제들이 이를 축하하여 새 차 한 대를 선물하였다. 할아버지는 무척 좋아하시며 당신을 그 차의 첫 시승자로 초대해주셨다.

할아버지는 당신에게 선물도 식사도 많이 사주셨다. 또한 할아버지는 교회를 위해 자원봉사를 많이 하셨을 뿐만 아니라 장애인 단체에 기부금을 쾌척하셨고 특히 불우한 사람들에게 많은 온정을 베푸셨다.

한마디로, 할아버지는 젠틀맨이었고 아주 순수하고 올바른 성품을 지녔던 분으로 당신이 제일 존경하는 어른이라고 술회하였다.

할아버지가 캐나다에 와서 개과천선(改過遷善)하게 된 것은, 한국에서 상처(喪妻) 후 너무 방탕한 생활을 한 나머지 자제들을 제대로 돌보지 못한 회한(悔恨)과 깊이 연관되어 있었다. 이런 참담한 과거의 잘못을 속죄하는 뜻에서 이곳에 와서는 일체 술을 끊고 바르게 살려고 혼신의 노력을 다 기울였다는 것이었다.

민 선생에게서 작은아버지에 대한 얘기를 소상히 전해 듣고 우리는 헤어졌다. 그 뒤 나는 가족들과 함께 멕시코 캔쿤 휴양지로 가서 햇볕에 몸을 태우고 한참만에 혜자네로 돌아와 보니 한 소식이 나를 기다리고 있었다.

민혜기 선생이 집으로 돌아가 인터넷으로 나를 검색해 보고는 "이같이 유명한 분을 그냥 보내드릴 수 없다."며 이곳 문인들과 함께 만나자고 제의해 왔다.

한국에서도 알아주지 않는 무명학자를 캐나다에서 알아주는 이가 있다니 놀라운 일이 아닐 수 없었다. 그리하여 미자(美子)네 대농원에서 민혜기 선생과 두 번째 해후를 하였다.

이 자리에서 민 선생은 당신의 작품집 세 권을 나에게 선물로 주었다. 그 책을 여행 중에는 읽지 못하다가 집에 돌아와서 비로소 읽었다.

민 선생은 목회자의 아내로, 너싱 홈의 보조 간호사로, 전문 의료통역사로, 문인으로서 성공적인 삶을 걸어온 입지전적 인물이었다. 특히 선생의 수필은 문학적 향기와 더불어 진정성이 배어나는 그야말로 문학의 정수(精粹)였다.

나는 선생의 작품을 읽고 아주 먼 곳에서 귀한 스승 한 분을 얻었다는 기쁨을 느꼈다.

작은아버지에 대한 인상은 지금도 우호적이지 않지만 되돌려 생각해 보면 민혜기 선생 같은 분을 만나게 해준 큰 인연만으로도 숙부의 삶이 훌륭했다는 혜자의 말에 뒤늦게나마 동의하지 않을 수 없었다.

(2016. 7. 30.)

그때에(2)

최근에 원로 희극인 구봉서 선생이 타계하였다. 그 소식을 듣고 예전의 일이 생각났다.

1980년대 말 MBC TV의 〈웃으면 복이 와요〉라는 프로에 간간이 원고를 낸 적이 있었다. 담당 PD였던 유수열 선생과 친분이 있었기 때문이었다.

지금 기억나는 내용으로 이런 것이 있다.

국어선생이 칠판에 '바른말 고운말 하기'라고 쓴 뒤 돌아서서 학생들에게 말한다.

선생 : 학생 여러분, 말이란 그 사람의 품위를 나타내는 것이니까 항시 바른말 고운말을 써야 합니다. 알겠어요?

학생 : 네, 선생님!

이때 유리창이 깨지며 야구공이 날라와 선생의 얼굴에 정통으로 맞는다.

선생 : 야, 어떤 새끼야!

학생 : (어안이 벙벙한 얼굴로 선생을 바라본다)

그때 선생 역(役)을 구봉서가 맡아 열연하였다.
또 다른 내용으로 이런 것이 있었다.

유리창 너머로 과일이 진열되어 있다. 한 행인, 먹고 싶은데 돈
이 없다. 그 사람은 천연스럽게 수박 먹는 흉내를, 다음에는 포도
먹는 흉내를 낸다. 이 모양을 가게 안의 주인이 보고 놀란 표정을
짓는다.

행인 역(役)을 배삼룡이 했었는데 수박과 포도를 먹는 흉내를 아
주 리얼하게 했던 기억이 지금도 생생하다.

원미동 연립주택에 살았다. 여섯 식구가 한 방에서 뒹굴며 〈웃
으면 복이 와요〉를 보며 킬킬거렸다. 지금 돌이켜 보면 그때가
경제적으로는 비록 가난했지만 정겹고 행복했던 때가 아니었나
싶다.
어머니는 타계하시고 세 자식은 결혼하여 다 떠난 넓은 아파트
에 지금은 우리 내외만 덩그러니 남아 쓸쓸한 만년을 보내고 있다.

(2016. 9. 7.)

빈 봉투

처갓댁 조카딸 혼사가 있어 진주에 갔다. 결혼식을 마치고 집에 돌아오려는데 처남댁이 우리 손자들에게 봉투를 한 개씩 나누어 주었다. 그런데 이 과정에서 작은 문제가 발생하였다.

중3인 규리가 봉투를 받고 왠지 무게가 가벼운 것 같아 머리 위로 쳐들어 햇빛에 비춰보니 빈 것이라 옆에 있는 처남 아들에게 조용히 말했다.

"삼촌, 봉투가 비었네."

"그래? 어머니가 대사를 치루시느라 정신이 없으셨던 모양이구나."

해서, 규리는 돈을 받았는데 문제는 나이가 어린 찬우였다. 그의 봉투도 빈 것이었는데 아무 소리도 않고 잠자코 있어서 돈을 못 받았다.

이 얘기를 나중에 전해 듣고 내 마음이 착잡하였다. 남들처럼 되바라지지 못해 제 몫도 챙기지 못한다면 앞으로 험난한 이 세상을 어떻게 살아간단 말인가. 그러면서 초등학교 적 내 모습이 머리에 떠올랐다.

담임 선생님이 어디를 가시면서 반장에게 아이들 관리를 맡겼다. 반장은 공부 뿐만 아니라 싸움도 잘하는 '우찌 가다'였다. 그는 우리에게 큰 산과 같은 위압적인 존재였다. 그 때 나는 오줌이 몹시 마려웠는데 반장이 무서워 변소에 갔다 오겠다는 말을 못하고 그냥 옷에 싸버렸다.

과거에 오줌싸개라는 별명을 들었던 할아비에 그 손자라는 말을 들을 것만 같아 괜스레 짜증이 났다.

그 후에 몇몇 친구들에게 빈 봉투 얘기를 걱정스럽게 하였더니 모두들 괜찮다는 대답이었다. 입장을 바꾸어 그 자리에서 봉투가 비었으니 돈을 달라고 되알지게 요구했었다면 처남댁이 얼마나 무안했겠느냐. 야박한 세상 속에서 그만큼 순진하고 어리숙하게 자란 것만도 얼마나 대견한 일이냐며 오히려 나를 위로하는 것이었다.

이번 주말에는 아이들이 살고 있는 동탄에 가서 찬우에게 그때 못 받았던 돈 5만 원을 할애비가 대신 보전(補塡)해 주어야겠다.

(2016. 10. 24.)

손녀딸에게

1

규리(揆理)야, 그간 잘 지냈니?

지난번 네 S고 입학식을 보고는 많은 것을 느꼈다. 좋은 시설과 교육환경 그리고 훌륭하신 선생님에게 공부하는 너희들은 참 복 받은 애들이구나 하고 부러운 생각이 들었다. 그렇지 못한 많은 다른 친구들을 기억하며 항상 감사하는 마음을 갖고 생활해 주기 바란다.

얼마동안 외부와 단절된 속에서 지낸다고 들었다. 자유롭게 뛰 놀아야 할 나이에 통제된 생활을 하자니 답답하기도 할 것이다. 그래서 오늘은 참는(忍) 문제에 대해서 잠시 얘기할까 한다.

단군신화(檀君神話)에 대해서 공부한 적이 있지?

– 곰 한 마리와 범 한 마리가 있어 항상 사람 되기를 소원했다.

환웅이 신령스러운 쑥 한 자루와 마늘 스무 쪽을 주고 너희들이 먹고 100일 동안 햇빛을 보지 아니하면 사람이 되리라 하였다. 그런데 곰은 이 금기(禁忌)를 잘 참아내어 인간이 되었으나, 범은 이 것을 못참아 사람이 되지 못했다. -

이 얘기는 지금의 너희들에게 시사하는 바가 크다고 하겠다. 너희들은 지금 어른이 되기 위한 과정 속에 살고 있기 때문이다. 긴 어둠의 터널을 지난 뒤에야 비로소 밝은 세상으로 나가듯이 너희들은 지금 일종의 통과제의(通過祭儀)를 겪고 있다고 하겠다. 긍정적인 마음으로 잘 참고 지내기를 바란다.

할머니는 입학식 때 네가 단아한 모습으로 입장하는 모습을 찍은 동영상을 하루에도 몇 번씩 보면서 예쁘다 예쁘다를 연발한단다.

우리는 혼자 사는 게 아니라 많은 사람들의 보살핌과 사랑 속에서 산단다. 그러니 어떠한 어려움이 있더라도 용기를 갖고 씩씩하게 지내기 바란다.

우리 모두는 규리를 믿는다. 잘 해내리라 확신한다. 파이팅!

2017. 3. 6.

부천에서 할아버지가

2

예쁜 규리야, 그동안 잘 지냈니? 추운 겨울에 입학했는데 어느

덧 주위에는 봄빛이 완연하단다. 네가 기숙사에서 지내는 동안 박근혜 대통령이 헌법재판소에서 탄핵되는 큰일이 있었다. 다음은 탄핵심판 발표문 중의 일부이다.

헌법은 대통령을 포함한 모든 국가기관의 존립근거이고 국민은 그러한 헌법을 만들어 내는 힘의 원천이다.

이 말이 지니고 있는 법치주의의 엄중성과 국민의 중요성을 깨우치는 계기가 되기를 바란다.

다음으로, 법정스님의 글 중에서 인상적인 얘기를 한 가지 하겠다.

한 티베트 스님이 중국의 박해를 피해 히말라야 산을 넘어 인도로 망명해 왔다. 서구의 기자들이 놀라서 어떻게 험준한 산을 넘었느냐고 물었더니, '천천히 걸어왔다'는 스님의 대답이었단다.

너희들의 공부 또한 큰 욕심내지 말고 매일매일의 일상에 충실하는 것이 아닌가 한다. 친구들과 사이좋게 지내고 선생님 말씀 잘 듣고… 이렇게 지내다 보면 큰 교육적 성과를 거두게 되리라 본다.

세 번째로, 독서 시간이 있다면 미국 작가 호손의 단편소설 「큰 바위 얼굴」을 다시 한번 꼼꼼히 읽어보기 바란다. 그리하여 유명하다는 부자, 정치가, 장군을 지향하기보다 주인공 어니스트처럼 겸손하고 지혜롭고 기품을 갖춘 사람이 되기를 바란다.

건강히 잘 지내라, 안녕!

2017. 3. 20.

부천에서 할아버지가

3

규리에게

예쁜 규리야, 그간 별고 없었니?

아침저녁으로 제법 날씨가 선선해진 것을 보니 가을도 멀지 않은 듯하다

대학 입시 준비를 한다는 말을 들으니 문득 네 입학식 때의 일이 어제 일처럼 생각난다.

"민규리!"하는 호명에 맞춰 교장 선생님을 향해 걸어가던 네 발걸음이 어찌나 의젓하고 늠름했던지 할머니는 지금도 그 얘기를 한단다.

그로부터 어언 3년을 마치 큰 강을 무사히 건넌 것 같아 고맙다. 그간 수고 많았다.

다음으로, 대학 진학 문제에 대해 한마디 하겠다.

할아버지는 나이를 많이 먹은 사람이라 변화무쌍한 요즘 사정에 정통하지 못해 꼰대 소리를 듣겠지만 꼭 어느 대학이어야만 한다는 생각은 옳지 않다고 본다.

인생은, 어느 목표에 도달해야만 하는 것이 아니라 과정에 충실한 여행이 아닌가 싶다. 다시 말해서 어디에 있느냐가 아니라 놓여 있는 그곳에서 어떻게 했느냐가 보다 중요하다고 본다.

톨스토이가 쓴 「두 노인」이란 소설에는, 예루살렘으로 성지순례를 떠나는 두 노인이 등장한다. 고지식하고 엄격한 부자 예핌과 젊어서 목수를 하다가 이제는 집에서 꿀벌을 치는 명랑한 성격의 가난한 예리세이가 주인공이다.

두 노인이 멀고먼 예루살렘을 가던 중 예리세이가 물을 얻으러간 농가에서 질병과 기근으로 굶어 죽어가는 가족을 만나게 된다. 그는 차마 발이 떨어지지 않아 그곳에 며칠간 머물면서 자기의 빵을 주고 물을 길어와 정성껏 간호하며 밭과 말을 사준 뒤 몰래 떠난다.

돈이 다 떨어진 예리세이는 평생 꿈꿔온 성지순례를 포기하고 집으로 돌아간다.

한편, 예핌은 천신만고 끝에 예루살렘에 도착하지만 영혼은 그만두고 몸만 갔을 뿐, 정작 그리스도를 만난 것은 사랑과 선행을 베푼 예리세이를 통감하게 된다는 내용이다.

즉 무리하게 특정대학만 고집할 것이 아니라 성적에 맞는 대학에 진학하여 그곳에서 치열하게 자기를 구현하는 것이 바람직한 일이 아닐까 한다.

그리고 참, 오는 8월 30일이 네 생일이더구나, 축하를 보내며 이 날을 맞아 이런 생각을 해 보았으면 한다.

생일이라면 의당 나를 낳아준 부모에 대한 감사를 드리는 날이 되어야 하고, 다음으로는 하느님이 이 세상에 나를 보내실 때는 무슨 뜻 있는 일을 하라는 소명이 있을 터인데 그것이 과연 무엇일까를 생각하는 시간이 되었으면 한다.

할머니가 몇 가지 축하 선물을 보내니 친구들과 함께 나누어 먹기 바란다.

규리야, 모든 일이 잘 될 것이다. 용기를 갖고 앞으로 나가자!

2019. 8. 26.

부천에서 할아버지가

죄인이로소이다

　아내와 함께 부천 현대백화점 내의 CGV로 영화를 보러 갔다. 송강호 주연의 〈택시운전사〉였다.

　영화는, 1980년 5월 광주에서 있었던 아픈 과거의 역사를 담은 작품이었다. 참담한 마음으로 관람하고 극장을 나와 화장실에서 소변을 보려는데 아뿔싸! 청바지 뒷주머니에 넣었던 지갑이 없어졌다. 다급히 극장 안으로 다시 들어가 보았지만 찾을 수가 없었다.

　이를 어쩐다? 지갑 속에는 주민등록증과 은행 및 교통카드 그리고 얼마간의 현금이 들어 있었다. 아내는 극장 카운터 직원에게 이 사실을 급히 알리고 연락처를 적어 주었다.

　잠시 생각해 보았다. 극장에 입장할 때 경로 확인 관계로 주민등록증을 보여주었으니까 지갑은 극장 안에서 분실한 것이 분명하였다.

　그럼, 누가 가져갔을까? 그러고 보니 조금 전 뒤에서 나를 밀었던 팔에 문신한 젊은이가 문득 생각났다. 얼굴이 험악한 것이 마치 조폭 같았다.

그가 지갑에서 현금만 빼고 나머지는 화장실 쓰레기통에 필시 내버렸을 것이다. 아니, 내 주민등록증을 도용하여 무슨 일을 꾸밀 줄도 모를 일이다. 이런 별별 생각으로 머릿속이 복잡하였다.

세상에는 나쁜 사람이 많다니까 만일의 사태에 대비한 내 방책부터 단단히 강구해야 했다. 우선 은행 카드부터 지급 정지시키고 다음으로 주민자치센터에 가서 주민등록증 분실신고를 마쳤다.

그날 밤은 이런저런 상념으로 잠을 제대로 이루지 못하였다. 밤이 점차 깊어지자 지갑 안에 든 현금은 이미 내 돈이 아니라고 쉽게 포기가 되었다. 그리고 지갑은 막내아들이 외국으로 신혼여행을 갔다 오면서 선물한 고가품이지만 그것도 이미 내 것이 아니라고 선선히 양보하였다. 은행카드는 조치해 놨으니 안심이 됐고, 오직 주민등록증만 무사히 돌아와 주기를 간절히 빌었다.

다음날 아침이 환히 밝았지만 지갑에 대한 아무 소식도 없이 세상은 너무 조용하였다. 9시가 되기를 기다려 가까운 농협으로 달려가서 마지막으로 경로우대용 전철카드 분실을 고지한 뒤 재교부 신청을 하였다.

돌이켜 보니 평소 예사롭게 생각했던 지갑에는 내 소중한 것들이 다 들어 있었다. 신분증명서와 돈 그리고 교통카드, 그것들이 죄다 없다 보니 갑자기 무장해제를 당한 병사처럼 무력감이 엄습하여 안절부절 어찌할 수가 없었다.

이때 핸드폰이 울렸다. 아내는 어느새 극장 카운터에 가 있었다.

"여보, 지갑 찾았어요. 청소하다가 주웠다는군요."

아내의 목소리는 어느 때보다 낭랑했다.

"그래? 돈은 그대로 있어? 그 사람들 진작 연락해 주지 않구…."

나는 밤새 맘 고생한 생각만 하고 잔뜩 원망어린 어조로 말했다.

지갑은 청소부가 한밤중에 수거한 뒤 비닐봉지에 밀봉하여 사무실 캐비닛에 잘 보관되어 있더라고 덧붙였다.

아내로부터 이 말을 전해 듣는 순간 온몸으로 부끄럼을 느꼈다. 그리고 나는 참 못된 사람이라는 반성을 하게 되었다.

죄 없는 청년을 소매치기로 몰았고 세상 사람들을 싸잡아 불신했을 뿐만 아니라 지갑을 찾아준 이에게 감사는커녕 일찍 연락해 주지 않았다고 불만부터 털어놓은 몰염치한 인간이었다.

"주님, 이 죄인을 결코 용서치 마시고 큰 벌 내려 주옵소서. 아멘."

(2017. 8. 18.)

가을여행

   이번 추석 연휴 때 어린 손자 현우와 함께 진주 남강 유등 축제를 보러 갔다. 손자 녀석은 먼길 가는 내내 참새처럼 잘도 재잘거렸다.

   부천 상도초등학교 3학년 1반이며 자기 학급은 남자가 15명 여자가 12명으로 남자가 3명 더 많다. 그래서 피구(避球)를 할 때 녀석은 여자편에 서는데 그것은 제 실력이 뛰어나기 때문이다. 담임 선생님의 이름은 원혜련, 선생님이 제일 좋아하는 시(詩)는 다음과 같은 내용의 「반성」이다.

강아지를 만지고
손을 씻었다.
앞으로는
손을 씻고
강아지를 만져야겠다.

그러면서 이 작품은 어쩌구 저쩐거라며 국어 선생인 할애비 앞에서 장황한 설명까지 해댔다.

진주에 가서는 냉면과 비빔밥도 먹고 한밤중 남강에 떠 있는 아름다운 유등(流燈)을 흥미롭게 구경하였다.

유등은, 임진왜란 3대첩의 하나인 진주대첩에 기원을 두고 있다. 피아간에 치열한 공방이 오가는 가운데 진주성 수성군이 칠흑같이 어두운 밤에 남강에 유등을 띄워, 강을 건너려는 왜군을 저지하는 전술로, 다른 한편으로는 섬 밖의 가족들에게 안부를 전하는 통신수단으로 이용하였단다.

집에 돌아오는 차중에서 잠시 생각해 보니 이번 여행은 모처럼 만에 손자와 함께 했던 즐거운 시간이었으며 특히 내가 모르고 있던 「반성」이란 시를 만난 매우 뜻깊은 여정이었다.

〈追記〉

나중에 자료를 검색해보니 앞의 인용시는 함민복 작품으로, 원시의 내용은 이랬다.

늘
강아지를 만지고
손을 씻었다.

내일부터는
손을 씻고
강아지를 만져야지.

(2017. 10. 9.)

아내에게

　평소 남을 위한 글은 종종 썼지만 정작 당신에 대해서는 처음 쓰네요.

　당신과 결혼한 지 47년, 어언 반세기가 되어 갑니다. 그간의 세월을 되돌려 보면 좋았던 일보다 고생스럽고 힘들었던 일이 더 많았습니다.

　집안이 파산되어 서울 상월곡동 본가를 떠나 부천에 정착하기까지 고생의 연속이었죠.

　'군인집' 지하에 세들어 살면서 연탄가스에 중독되어 죽을 뻔했던 일도 있었고 그 많은 사연을 어떻게 일일이 다 열거할까요.

　당신을 생각하면 이런 일들이 주마등같이 떠오릅니다.

　용산시장에서 이모님으로부터 얻은 각종 찬거리를 무겁게 머리에 이고 버스값을 아끼려고 부천역에서 원미동까지 걸어서 왔었죠. 위(胃) 절제수술을 받은 승기에게 따뜻한 밥 먹이려고 부천고등학교 후문을 구박들어가면서 매일같이 기웃거렸고, 들레를 먼 곳 학교에 등교시키려고 새벽같이 강남 길을 달린 적도 한두 번이 아니었죠. 홍기 일본에 근무할 때 밑반찬 보내주려고 애도 많이 썼었고, 야간수업 끝낸 나를 데리러 부천소방서 앞으로 숱하게 왔던 당신.

당신의 희생적인 노고가 있었기에 나와 애들의 오늘이 있습니다. 당신의 눈물겨운 수고가 없었다면 '빛나는' 우리집의 오늘도 없었습니다.

당신은 고된 시집살이와 가난을 꿋꿋이 견뎌낸 여장부였고 자식들에게 지극정성을 다한 자애로운 어머니, 이름 字(姜慈女) 그대로의 삶을 살아왔습니다.

한 시인은, "꽃이라면/ 안개꽃이고 싶다// …나는 안개처럼 스러지는/ 다만 너의 배경이어도 좋다."라고 노래한 바 있는데, 이 작품은 그간의 당신 삶을 얘기한 것 같습니다.

오로지 남편과 자식들만 위하여 살다보니 정작 당신의 삶은 빈 껍데기 같은 허망한 세월이었죠. 그러나, 오늘은 당신이 당당한 주역(主役), 장미꽃이어야 합니다.

고희(古稀)를 진심으로 축하하며 이제부터는 모든 걱정 다 내려놓고 당신을 위한, 당신만의 행복한 삶을 살아가기 바랍니다.

"여보, 사랑해요!"

2017. 11. 4.

남편 민충환

꽃들의 합창(合唱)

새싹

애들아, 봄이 왔다 어서 나가자.

꽃

친구가 스위스 여행 중에서 가장 인상적이었던 것은 눈 속에서
핀 노란 복수초를 본 것이라고 하였다.
우리는 어디에서 핀 무슨 꽃인가.

1

우리 집 베란다에는 제라늄 한 분이 있다. 언젠가 아우네 집에서 가지 하나를 꺾어다 심은 것이었다. 이 꽃은 돌보지도 않고 내버려 두었는데도 사계절 내내 꽃을 피워댔다.

그래서 우리 집은 항상 봄이다.

2

설악산가족호텔 앞 정원에는 웬 나무가 껑충하게 서 있었다. 밤중에 잠이 오지 않아 창밖을 내다보니 달빛을 받고 은빛으로 환히 빛났다. 아침에 일어나 무슨 나무냐고 물었더니 그곳 종업원들도 모른다는 대답이었다. 사진을 찍어와 이 사람 저 사람에게 물으니 꽃사과나무라고 했다.

가지마다 빼곡히 빈 자리 하나 없이 꽃을 피우는 꽃사과나무는 온몸으로 사랑하는 나무였다.

이들 꽃·나무들 앞에서 별다른 일을 못하고 지내는 나는 몹시 부끄러웠다.

(2018. 4. 22.)

경주 여행을 다녀와서

지난 11월 9일부터 11일까지 2박 3일간 경주 여행을 다녀왔다. 이번 여행은, 결혼 50주년을 맞아 스위스 여행을 계획했었는데 코로나19로 인해 불발되어 서리 맞은 호박잎 꼴이 된 우리 처지가 몹시 안 되어 보였던지 자식들이 주선해 주어 가게 된 것이었다.

힐튼호텔에 숙소를 정하고 택시 운전수 겸 관광안내까지 붙여 준 최상급 여행이었다.

첫날은, 불국사·석굴암을 구경하고 파도소리길을 걸으며 주상절리를 관광한 뒤 소문난 음식점에서 생선회를 푸짐하게 먹었다.

두 번째 날은, 천마총·첨성대·분황사·양동마을·옥산서원을 둘러본 뒤 저녁에는 안압지 야경투어를 하게 되었는데, 불현듯 이태준의 단편소설 「석양(夕陽)」에 나오는 '오릉(五陵)'이 생각나서 일부 스케줄을 조정하고 그곳에 데려다 달라고 특별히 부탁했다.

오릉은, 경주 시내 평지 서남쪽에 위치한 4기의 봉토무덤과 1기

의 표형 봉토무덤이다. 「삼국사기」에는 신라 시조 박혁거세와 제
2대 남해왕, 제3대 유리왕, 제5대 파사왕 등 신라 초기 4명의 박씨
(朴氏) 임금과 혁거세의 왕후인 알영왕비 등 5명의 무덤이라 되어
있다.

한편 상허의 「석양」은, 초로(初老)에 접어든 한 작가와 처녀와의
애틋한 사랑을 통해 무상한 삶에 대한 우수(憂愁)를 그린 작품인
데 이 소설에 특히 오릉의 모습이 매우 인상적으로 묘사되었다.

• …봉분이라기보다 기름기름한 잔디의 산이 부드러운 모필
로 그은 듯한 곡선으로 허공을 향해 봉긋봉긋 올려 솟는 것이다. …
〈중략〉… 바라볼수록 그야말로 초현실적인 기이한 풍경이다.
• 오릉의 아름다움은 …〈중략〉…볼수록 그윽함에 사무치게 한다. 무지개
가 솟듯 땅에서 일어 땅으로 가 잠긴 선들이면서 무궁한 공간으로 흘러간 맛
이다. 매미 소리가 오되 고요하다. 고요히 바라보면 울어야 할지, 탄식해야
할지 그냥 나중엔 멍해지고 만다. 처녀의 말대로 니힐을 형용사로 쓰는 수밖
에 없을 것이다.

지금으로부터 70여 년 전에 상허 선생이 이곳을 답사하고 이 글
을 썼으리라는 생각을 하자 감회가 새로웠다. 나도 선생의 뒤를
따르기라도 하듯 능 주의를 유념해서 거닐었다.

이번 경주 금혼여행(金婚旅行)은 비록 비까번쩍한 외국 나들이
는 못되었지만 상허소설에 나오는 오릉을 걸은 것만으로도 뜻이

있었다. 뿐만 아니라 부모자식간의 정을 나누는 장(場)이 되었다는 데에 더 큰 의의가 있지 않았나 싶다.

여행을 다녀온 뒤 애들에게 장문의 문자를 띄웠다.

– 덕택에 여행 잘 다녀왔다. 고맙다.

돌이켜보니, 금혼이니 다이아몬드혼이니 하는 말들은 다 너희들이 있어 가능했던 일이지 우리 내외만의 일은 아니더구나. 해서, 스위스 가려고 적금타 놓은 돈을 너희들에게 전하니 세 사람이 나누어 유용한 데 쓰도록 해라.

엄마 아빠는 너희들과 손자들을 끔찍이 사랑한다.

(2020. 11. 14.)

세월의 흐름

한 달에 한 번씩 만나 수필 공부를 하는 '포도마을'이 이번에는 추석 연휴와 또 내 개인적인 일이 겹치는 바람에 석 달만에 만나게 되었다. 그 동안의 시간을 되돌려 보니 꽤나 많은 일이 있었다.

첫 번째는, 3박 5일간 필리핀을 다녀온 일이다.

팔라완이라는 섬에 갔었는데 그곳은 우리의 60년대를 연상할 만큼 매우 곤궁했다. 포장이 안된 도로에는 먼지가 폴폴 일었고 오토바이와 그것을 변형시켜 만든 트라이시클과 지프차를 개조한 지프니가 혼란스럽게 뒤엉켜 거리를 질주하고 버스와 승용차는 거의 눈에 띄지 않았다.

여행 일정 중 제일 기억에 남는 것은 반딧불이를 구경한 일이었다.

여섯 명씩 탄 조각배가 강줄기를 따라 저어나가자 어둔 밤 하늘에는 별이 총총하였다. 뱃사공은 서툰 우리말로 손전등을 하늘을 향해 비추면서 별자리를 설명하였다.

이것은 금성, 저것은 북두칠성….

배가 얼마쯤 앞으로 나가자 양쪽 숲에서 별빛이 하나 둘 나타나기 시작했다. 아, 반딧불이다 하는 탄성이 절로 터져나왔다.

어릴 적에는 지천으로 널려있던 것이었는데 언제부턴가 우리 곁에서 사라졌다. 연전에는 무주로 보러 갔다가 하나도 못 보고 허탕쳤던 적도 있었다. 그 반딧불이를 많은 돈을 들여 이곳에서 보게 되다니 하는 자조감마저 들었다.

두 번째는, 아우네의 혼사였다.

나보다 두 살이 적은 동생은 슬하에 남매를 두었는데 큰딸이 마흔이 되도록 미혼인 관계로 자연 아들의 결혼이 늦어졌다. 나는 손자가 여섯 명이나 되는데 아우는 칠순이 되도록 개혼조차 못해 괜스레 내가 죄지은 기분으로 지냈는데 이제 조카가 결혼을 하여 한시름 놓게 되었다. 더욱이 며느리가 S대 출신 재원이라 집안의 큰 경사가 아닐 수 없었다.

세 번째는, 강정규 선생과 문이령 사모님이 거의 같은 시기에 책을 내게 되어 합동으로 출판기념회를 하였는데 이 자리에서 내가 축사를 하였다. 강 선생 동시집 『모기네 집』에 수록된 작품 중 「새우젓」이 있다. 이 작품은 예비 작품이었는데 내가 검토과정에서 '강추'하게 되어 작품집 서시로 승차하게 되었다. 내 덕택에 실리게 되었으니 「새우젓」은 나에게 술 한잔 단단히 사야 한다고 했더니 참석자들이 크게 웃었다.

네 번째는, 유영자 선생의 갑작스런 별세다.

유 선생은 복사골문학회 일원으로 함께 활동했던 시인이자 수필가였다. 특히 내가 대학에 있을 때 10여년간 시간 강사로 모셨는데 수업이 있는 날마다 단팥빵을 사다주셔서 맛있게 먹었던 기억이 난다.

선생은 독실한 가톨릭 신자로 우리 내외의 세례명(프란치스코·글라라)도 지어 주셨다. 어느 날 아침 TV를 보시다가 소파에 앉으신 채 운명하셨다고 했다. 장례미사 때 아내와 딸 그리고 막내아들이 함께 참석했다. 생전에 어느 누구에게 험한 말 한번 안 하시고 착하게 사셨으니까 필시 천당에 가셨으리라 믿어진다.

다섯 번째는, 나와 함께 소설 공부하는 신말수 선생이 제9회 김만중문학상 금상을 수상하셨다. 신 선생은 실력이 출중한 분인데 매번 장편소설 공모에서 2등만 하는 불운을 겪었다. 드디어 대운이 터졌으니 선생의 앞날이 크게 기대된다. 이번 수상작 『누가 그 시절을 다 데려갔을까』에 나오는 어휘풀이(A4 용지 30장 분량)를 하느라 사흘 밤을 세웠는데 내 일처럼 즐거웠다.

평소 나의 하루하루는 별 볼일 없는 나날이었는데 세월이 흐르니 이처럼 의미 있는 많은 일이 생겨났다. 역사도 그런 것이 아닐까.

(2018. 10. 2.)

진주비빔밥을 먹으며

　지난 어린이날 연휴 때 진주 처갓집을 찾았다. 오랜만에 93세 되신 장모님과 함께 하기 위해서였다.

　하루는 전통음식점으로 소문난 'ㅎ'집에 가서 어머님과 아내는 냉면에 육전을 더하고 나는 진주비빔밥을 주문하였다.

　진주비빔밥에는 다른 지역 것과는 달리 육회가 든 특색을 지녔다.

　임진왜란 때의 일이다. 제1차 진주성 전투에서 일본은 김시민이 이끄는 조선군에 대패하고 물러났다. 일본은 이 일로 말미암아 자존심이 매우 상했다. 군사면에서 절대적으로 우세했음에도 불구하고 전략에서 패배했기 때문이었다. 일본군은 복수의 칼을 갈고 이번에는 6만의 대군을 이끌고 재침해 왔다.

　아군의 수는 불과 6천 명, 거기에 김시민도 죽고 없었다. 진주성의 운명은 이제 태풍 앞에 선 촛불의 형국, 바야흐로 결전의 날을 앞둔 마지막 날 밤이 점차 깊어가고 있었다.

- 장군, 식량이 바닥났습니다.

부관이 침통한 얼굴로 보고했다.

- 남아있는 식재료를 통틀어 음식을 마련토록 하라.

장군의 명령에 따라 군관민들은 온갖 것을 다 쏟아내었다. 김치도, 푸성귀도, 찬밥덩이도 그리고 고추장도, 이렇게 모은 것을 큰 작대기로 휘저어 골고루 비볐다. 이때 한 사람이 급히 달려와 장군에게 아뢰었다.

- 소가 한 마리 있는데 어떻게 할까요?

- 그것도 잡아서 육회를 만들어 밥에 넣도록 하라.

해서, 그 어느 때 보지 못하던 새로운 음식인 진주비빔밥이 탄생하게 되었다. 사람들은 이 비빔밥을 함께 나누어 먹고 전장에 나가 용감히 싸우다가 장렬히 전사하였다.

제2차 진주성 전투에서 성 안의 생명체라고는 개미 새끼 한 마리도 남아나지 않도록 철저히 적에게 도륙 당했다. 진주성은 그야말로 아수라장으로 변해 버렸다.

"자넨 밥 먹는 게 왜 그런가?"

장모님은 밥을 깨작거리는 나를 보고 나무라듯 말씀하셨다.

"아닙니다, 아침 먹은 지 얼마 안 돼서…."

비빔밥의 유래를 문득 머리에 떠올리자 숙연한 마음이 들어 밥을 더는 먹을 수가 없었던 것이었다.

음식점 밖은 오월의 찬연한 햇살로 아름답게 빛나고 있었다.

(2019. 5. 8.)

한 통의 편지를 받고

엊그제 나에게 편지 한 장이 왔다. 동탄에 사는 손주가 보낸 것
이었다.

할아버지께

코로나19로 인해 학교도 가지 못하고 집에서 한가로운 시간을 보내고 있
던 중 책상 위에 놓인 할아버지께서 쓰신 『달골에서 복사골까지』가 눈에 띄
었습니다. 저는 제가 좋아하는 치킨을 허겁지겁 먹듯 그 자리에서 책을 바로
읽기 시작했습니다.

책 중간중간에 손자라는 말이 나올 때마다 가슴이 덜렁거리고 진땀이 났
습니다. 고등학교 진학을 앞두고 머릿속이 복잡할 때 이 책을 접하게 된 것
은 정말 행운이 아닐 수 없습니다.

저는 중학교에 입학한 지 얼마 되지 않아 북한도 무서워 쳐들어오지 못한
다는 '중2병'을 앓게 되어 공부와는 담을 쌓고 오랫동안 방황했습니다. 그러다

3학년이 되어 뒤늦게 정신을 차리고 공부했지만 제가 목표했던 학교는 갈 수 없었고 집에서 멀리 떨어진 고등학교에 겨우 진학하게 되었습니다. 기숙사에서 생활해야 하는 이 촌학교에서 어떻게 좋은 대학에 진학할 수 있을까 하는 걱정이 앞섰습니다. 그때 할아버지께서 책 속에서 몇 번이나 강조하셨던 "어디에 있느냐가 아니라 거기에서 어떻게 하느냐가 중요하다."는 말씀에 깊은 감동을 받고 제 길을 찾은 것 같아 기뻤습니다.

아마도 할아버지께서는 저의 지금 상황을 예견하시고 이 같은 말씀을 하셨는지도 모른다고 생각하였습니다.

그렇게 우연히 집어든 이 책을 통해 할아버지가 제 멘토가 되게 된 이 사연이 마냥 신기하고 놀랍기도 합니다.

또한 최근에 할아버지께서 신문에 크게 나셨다는 소식을 어머니를 통해 듣고 인터넷 기사를 통해 할아버지를 뵈니 정말 반갑고 자랑스러웠습니다. 할머니께서 차려 주시는 '입쌀밥'에 따뜻하고 구수한 된장국을 먹으러 조만간 부천에 가겠습니다.

사랑합니다♡♡

2020. 4. 20.

동탄에서 찬우 올림

B 전문대학 교양과에 재직했을 때의 일이다. 매해 신입생을 맞게 되는데 그때마다 어깨가 축 처지고 의기소침한 학생들의 모습을 보게 되었다.

그들은 애초에 목표로 했던 대학에서 낙방하고 지방 전문대학으로 떠밀려오게 되었다는 심한 열패감과 좌절감에 빠져 있었다.

이들을 어떻게 하여야 할까, 가장 시급한 과제는 정신적으로 실의한 이들을 일으켜 세우는 일이었다.

이때 전에 정한숙 은사님께서 해 주셨던 말씀 – **어디에 있느냐가 아니라 지금 놓여 있는 그곳에서 어떻게 하느냐가 보다 중요하다.** – 을 교육 현장에서 그대로 적용해 보기로 하였다.

여기 정치가가 되기를 희망하는 사람이 있다. 그가 훗날 대통령이 안 되었다고 했을 때 그를 실패한 사람이라 할까. 아니 장·차관, 도지사, 국회의원, 시장쯤은 되어야만 성공한 사람이고 나머지는 깡그리 실패한 사람일까.

또 다른 사람은 경영인이 되기를 소망했다. 훗날 그가 대그룹의 총수 혹은 회사 사장, 전무, 상무가 안 되고 슈퍼마켓의 주인이 되었다고 해서 그를 생의 패배자라고 말할 수 있을까.

미국 작가 헤밍웨이가 쓴 『노인과 바다』에서, 노인은 거대한 다랑어를 잡아가지고 돌아오다가 상어떼의 습격을 받아 다 빼앗기고 잔해만을 싣고 쓸쓸히 귀항하지만 노인은 대자연과의 대결에서 굴하지 않고 당당히 맞선 생의 승자로 크게 상찬된다.

이렇게 볼 때 우리 인생에서 성공이란, 부(富)나 사회적 지위를 얻는 데 있는 것이 아니라 자신이 놓여있는 자리에서 치열한 삶을 영위하여 널리 사람들을 이롭게 하는 데 있는 것이 아닌가 싶다.

손주가 보낸 한 통의 편지를 받아 보고는 할애비의 뜻을 손자가 얼마만큼 전수한 것 같아 마음의 큰 위로를 받았다.

　손주의 가슴에 떨어진 작은 씨앗이 훗날 큰 결실로 이어지기를 기원한다.

(2020. 5. 30.)

다. 이웃 이야기

세 번째 뜻을 위하여

나는 아내와 함께 매주 화·금요일 두 차례씩 부천 시의회 옆 2층 상가에 있는 I 한의원에 간다.

옛날 구들장처럼 생긴 한방 기구를 아랫배에 대는 왕뜸 치료를 받기 위해서이다. 치료를 받는 내내 나는 깊은 잠에 빠져든다. 그러고 나면 전신이 개운해지고 날 것만 같은 상쾌함을 느낀다.

그런데 이곳에 올 적마다 출입구를 찾는 데 적잖이 애를 먹는다. 한의원은 생긴 지 얼마 안된 탓에 변변한 간판이 없고 또 상가의 입구가 혼잡하여 헷갈리기 때문이다.

그러다 얼마 전부터는 반라의 젊은 여인이 요염한 몸짓으로 서 있는 '풀코스 노래방'이란 등신대의 표지판에 유의하게 되었다. 그 노래방 2층에 한의원이 있었던 것이다. 그로부터 한의원 입구를 제대로 찾아 들었다.

'풀코스'란 말을 사전에서는, ① 서양요리에서, 일정한 차례로 짜여진 식단. 전채(前菜), 수프, 생선요리, 고기요리, 후식, 과일, 커피 순으로 나오는 것이 표준이다. ② 마라톤에서 완주거리인 42.195km 전체의 거리를 이르는 말이라고 적고 있다.

어느 사전을 보아도 이 두 가지 설명뿐 '풀코스'란 말을 처음 접했을 때 느꼈던 왠지 모를 당혹감이랄지 아니면 야시꾸레한 기분을 달고 있지 않았다.

감추어진 이 말의 세 번째 뜻을 규명하기 위해 오늘밤에는 기필코 풀코스 노래방을 찾아가야 할 것 같다. 이것은 어디까지나 말뜻을 찾기 위한 탐방이지 다른 불순한 의도가 전혀 없음을 밝혀두는 바이다.

《시와동화》2014년 가을호

난초 한 분(盆)

빼어난 가는 잎새 굳은 듯 보드랍고
자줏빛 굵은 대공 하얀한 꽃이 벌고
이슬은 구슬이 되어 마디마디 달렸다

본래 그 마음은 깨끗함을 즐겨하여
정한 모래 틈에 뿌리를 서려 두고
미진도 가까이 않고 우로(雨露) 받아 사느니라

이 작품은 가람 이병기 선생이 난초의 맑고 깨끗한 성품을 노래한 시조이다.

'난초' 하면 예로부터 사군자의 하나로, 단아·청초·우아·순수·개결(介潔)의 표상으로 여겨왔다. 그런데 최근 난초에 또 다른 일면이 있음을 알고 매우 놀랐다.

대학 제자 중에 사업을 하는 이가 있는데 그는 오래전부터 개성 공업단지에 진출하여 사업을 크게 일으켰다. 오천여 평의 대지 위에 여섯 동(棟)의 건물을 세웠고 거기에서 일하는 근로자 수만도 사백 명이 넘었다.

나는 그의 각별한 후의로 그곳을 방문해서 공장 시설을 둘러보고, '평양식당'에서 냉면과 '단고기' 요리 등을 대접받았다. 제자는 정년퇴임하여 집에서 쓸쓸히 지내는 나를 위하여 바람을 쐬어 주는 것이었다.

금년에도 지난 1월 29일 다녀왔다. 제자의 사업체가 날로 번성하는 모습을 보고 큰 보람을 느꼈다.

이번 여행에서 특히 인상적이었던 것은 그곳 회의실 탁자 위에 놓인 한 분의 난초였다. 우리가 흔히 보는 평범한 난초였는데 거기에는 아주 특별한 사연이 깃들어 있었다.

얼마 전 남북관계가 극도로 경색하여 개성공단이 한동안 폐쇄되어 공장과 사무실이 굳게 닫혔던 적이 있었다. 그때 사무실 안에 있던 화초와 선인장은 물론 나무까지 다 말라 죽었는데 유독 이 난초만이 살아남았다.

일견 가녀려 뵈는 이 '풀꽃'이 장장 5개월간의 그 긴 어둠과 목마름을 온몸으로 감내해 왔던 것이다. 이 끈질긴 생명력을 보고 종래 우리가 예찬해 온 난초의 미덕에 새로이 강인성(強靭性)을 추가하여 우러러야 할 것 같다.

난초야 고맙다, 통일로 가는 여정을 너를 통해 배울란다.

(2015. 2. 5.)

가뭄 나눔法

　강화도가 50년 만에 최악의 왕가뭄을 맞아 논바닥이 거북의 등처럼 쩍쩍 갈라지고 식수마저 부족하게 되자 이웃간 물 때문에 적잖은 분쟁이 일어났다고 한다.

　전라남도 구례군에서 있었던 일이다. 마산면에서는 풍족하게 물을 쓰며 농사를 지었는데 뒤에 토지면에서 이 물을 끌어쓰면서부터 분란이 일어났다.
　'논물 욕심에 친구가 없다'고 물로 인해 두 면(面) 사람들이 피터지게 싸움을 벌이게 된 것이다.
　이 일을 어떻게 해결할 것인가, 고을 원님은 오랜 고심 끝에 이윽고 솔로몬과 같은 한 지혜를 내놓았다.
　주마산 야토지, 즉 낮에는 마산면이 밤에는 토지면이 각각 물을 나누어 쓰도록 하는 결정을 내렸다. 이로부터 두 마을은 평온을 되찾고 풍년가를 구가하게 되었다.

　이 구전법은 오랜 세월이 지난 오늘도 면면히 지켜져 내려온다고 한다.

　강화도의 딱한 처지를 보며 구례의 '주마산 야토지'와 같은 혜안을 이끌어 낼 '원님'은 없는지 오늘 다시 생각해 본다.

(2015. 6. 29.)

입이 길이다

선병자(先病者) 의(醫)라
여름 손님은 마마보다 무섭다
검은 구름에 백로 지나가기
얻은 떡이 두레 반(半)

내 친구 민항기는 속담사전에나 나올 법한 이런 말을 대화 중에
자주 사용하였다. 국어학자도 아니고 40년 넘게 인쇄업에만 전념
해온 그가 어떻게 이런 말을 쓸까. 알고 보니 그것은 어머님 말씀
에 의해 학습된 결과였다. 이같은 말을 일상생활에서 비유어로 항
용 쓰셨다니 그의 어머님은 아마도 교양 있고 유복한 집 태생이리
라.

이번 그와 함께 여행하면서 들은 말 중 특히 기억에 남는 것으로
'입이 길이다'는 말이 있었다.

경상남도 산청군 덕산리에 갔었다. 때마침 장날이라 얼마동안 장구경을 한 뒤 시간이 얼마큼 남아서 잠시 쉴만한 곳이 없겠느냐고 한 경찰관에게 물으니 거기에서 멀지않은 삼장면사무소 앞의 송림을 추천하였다.

그곳은 소나무 숲이 우거지고 앞으로는 계곡물이 흐르고 있었다. 지리산에서 흘러내려오는 맑고 차가운 물에 발을 담그고 한나절 실히 피서를 하였다. 생각해 보니 이렇게 한유하게 시간을 보낸 것이 얼마만인지 몰랐다.

그때 경찰관에게 묻지 않았다면 그곳은 내 평생 가보지 못할 곳이었을 것이다.

'입이 길이다', 이는 모르는 곳을 남에게 물어 이윽고 길이 열린다는 뜻이리라. 말 하나를 얻은 귀한 여행이었다.

(2015. 8. 1.)

주님의 말씀

신약성서 중 4대 복음을 읽다 보면 하느님의 말씀을 이르는 표현이 다소 다르게 된 것을 볼 수 있다.

첫 번째는, '내가 너희에게 말한다.'이다.

(내가 너희에게 말한다. 사람은 자기가 지껄인 쓸데없는 말을 심판 날에 해명해야 할 것이다. 〈마태 12, 26〉)

이 말은 〈마태복음〉에 9회, 〈루카복음〉에 17회씩 각기 등장한다.

다음으로는, '내가 참으로 너희에게 말한다.'이다.

(내가 참으로 너희에게 말한다. 삼년 육개월 동안 하늘이 닫혀 온 땅에 큰 기근이 들었던 엘리아 때에 이스라엘에 과부가 많이 있었다. 〈루카4, 24~25〉)

앞의 표현에 '참으로'가 첨가되었는데 이 말은 〈루카복음〉에 4회 나온다.

세 번째로는, '내가 진실로 너희에게 말한다'이다.

(내가 진실로 너희에게 말한다. 하늘과 땅이 없어지기 전에는, 모든 것이 이루어질 때까지 율법에서 한 자 한 획도 없어지지 않을 것이다. 〈마태 5, 18~19〉)

네 번째로, '내가 진실로 진실로 너희에게 말한다.'이다.

("내가 진실로 진실로 너희에게 말한다. 너희는 하늘이 열리고 하늘의 천사들이 사람의 아들 위에서 오르내리는 것을 보게 될 것이다."〈요한 1, 51〉)

이는 앞의 예에 '진실로'가 한번 더해진 형태인데 이 말은 〈요한 복음〉에만 20회 나온다.

지금까지의 내용을 순차적으로 나열해 보면 다음과 같다.

내가 너희에게 말한다.

↓

내가 참으로 너희에게 말한다.

↓

내가 진실로 너희에게 말한다.

↓

내가 진실로 진실로 너희에게 말한다.

처음에 '내가 너희에게 말한다.'로 시작했는데 다음에 '참으로'가 첨가되었다.

다른 한편으로 '참으로'가 '진실로'로 대체되고 이 '진실로'를 더욱 강조하고자 하는 데서 '진실로 진실로'가 된 듯하다.

하느님 말씀을 이르는데 있어 '내가 너희에게 말한다.'이면 족할 터인데 어떻게 해서 '참으로'와 '진실로'가 첨가되고 이윽고 '진실로 진실로'까지 진척되었을까.

이는, 우리의 믿음이 반석처럼 굳건하지 못한 데서 연유된 것은 아닐까.

아무런 수식어 없이 '주님의 말씀입니다'에 무조건적으로 "예, 주님 저 여기 있습니다."하고 순명할 수 있는 진실된 '우리'가 되어야 하지 않을까.

(2015. 11. 19.)

오래전에 쓴 글

1

 이웅재 교수로부터 편지가 왔다. 이 교수는 대학 시절 5개 대학 연합 문학동아리인 '문우회'의 일원으로 함께 활동했던 Y대 친구이다. 광주(廣州)에 있는 한 대학에 근무하다 퇴직했는데 지금은 분당에서 문필활동을 활발히 하고 있다.

 민충환 교수에게
 《행정공보(行政公報)》 1965년 10월호에 실린 민 교수의 글 「여제(厲祭)」를 복사하여 보냅니다.
 아마도 잡지에 활자화된 최초의 글이 아닐까 싶어서 오래 보관하시기를 바랍니다.
 늘 건강하고 즐겁고 보람찬 나날이 되소서

2015년 10월 26일
웅재(雄宰)가

2

여제(厲祭)[7]

민충환

메마른 거리를 걷다 보면 펄럭이는 치마 밑으로 유난히 짙은 붉은 색 속바지를 입은 노인들을 보게 된다. 요즈음의 유행이란다.

유행에 대해서 별반 관심을 갖지 않던 나로서도 최근 그저 웃고 지나기에는 다소 심각한 일을 경험하였다.

거리의 할머니들을 보던 날 나는, 환갑 진갑을 다 지낸 늙은이들이 젊은 애들처럼 빨간 색의 옷이 가당키나 한 일이냐고 한바탕 험담을 털어놓았다.

둘러앉았던 가족들도 그렇다고 모두 고개를 끄떡였다. 그때 할머님이 좋지 않은 안색으로 문을 밀고 바깥으로 나가셨다. 중학교 3학년짜리 연(研)이 할머니 뒤를 따라 나갔다.

문틈으로 물을 끌어올리는 양수기의 소음이 털털털 끊임없이 들려왔다.

뒤에 연이가 들려준 얘기를 듣고 나는 적잖이 놀랐다.

문제의 그 빨간 바지는 멋을 내기 위해서가 아니라 나쁜 액운을 쫓기 위한 예방으로 입는 것인데 그것은 꼭 막내딸이 사주어야 효험이 있다는 것이었다.

할머니도 내가 험한 말을 쏟아냈을 때만 해도 그런 헛치레는 쓸데없는 일이라고 여기셨는데 요즈음 동네 노인들이 하도 성화를 해대니까 그 바지를 한번 입어 보았으면 하고 생각이 바뀌셨다는 것이었다.

할머니는 몸이 예전 같지 않고 이곳저곳이 아파서 조그만 일에도 신경이 쓰이고 무엇에 의지해 보려는 심리를 갖게 되신 것 같았다.

---

7)여제(厲祭) : 나라에 역질이 돌 때, 돌림병으로 죽은 귀신들을 위로하여 지내는 제사.

그래서, 어머니께 부탁하여 바지를 한 벌 사오도록 하였다. 그랬더니 할머니는 좋은 기색은커녕 울상을 지으시며 "막내딸이 아니면 안 된다는 걸…" 하고 옷을 내치고 돌아앉으시는 것이었다.

막내딸이 수백 리나 멀리 떨어진 곳에 사니 쉽게 갔다 올 수도 없는 터여서 일이 난감했다.

이때 연이가 조그만 입에 웃음을 함뿍 터뜨리며 제가 미리 만전의 조치를 다 취해 놓았다는 것이었다.

그 얘기가 뭐냐고 물으니, 곧 바지가 오게 되었다는 것이다.

나는 하도 어이가 없어서 재차 캐물으니 금산 고모님-할머니에게는 막내딸이었다-에게 직접 글을 쓰기가 뭐해서 진해에서 유학중인 고종오빠에게 그 사연을 아뢰고, 다시 오빠가 전라도(그때 금산은 전라북도에 속하였다) 본가에 글을 써서 바지를 사서 보내도록 조처했다는 것이었다.

나는 나어린 연이의 말에 경탄을 금할 수가 없었다.

정말로 얼마 지나지 않아 큼직한 소포 뭉치 하나가 집에 도착했다.

그 속에는 빨간 바지 한 벌과 늦어서 불효했다는 고모님의 편지가 동봉되어 있었다.

연이는 작은 손가락을 꼽더니 그녀가 진해로 편지를 내고부터 꼭 20일이 지났다고 좋알거렸다.

할머니는 막내딸로부터 보내온 바지를 받고는 매우 흡족해 마지않으셨다.

그 뒤에도 하늘에서는 비가 한 방울도 내리지 않고 가뭄은 계속되었다.

실로 육십 년 만에 처음 보는 한발(旱魃)이라고 했다.

어느 날, 할머니는 입었던 빨간 바지를 벗어서는 실밥을 뜯고, 그것을 개조하기 시작했다. 식구들은 돌연한 할머니의 행동을 보고 필시 망령이 나신 거라고 수군거렸다.

오랫동안 재봉틀을 끼고 앉아서 실을 꿰고, 가위질을 하더니 저녁나절에는 똑같은 크기의 조그만 바지 두 개를 만들었다.

나는 할머니의 행위를 이해할 수 없어 무슨 일이시냐고 물으니 그저 "날이 가물어서… 날이…" 하는 말만 되풀이하셨다.

저녁이 끝나고 식구들이 죄다 둘러앉았을 때, 할머니는 하루내내 만드신 옷을 연이에게 입혀 주는 것이었다. 입기를 그토록 소망하셨던 빨간 옷을 며칠이 안 되어 손녀의 옷으로 바꾸어 주다니….

어째서 그랬느냐고 물었더니, "시골에서는 이 가뭄이 도시 노인네들의 빨간 바지 탓이라지 않니, 글쎄…" 하시는 것이었다. 그렇다면 그 액귀는 어떻게 막을 참이냐고 했더니 "액귀? 퉤, 더럽다! 그 몹쓸놈의 저주같으니라구, 썩 물러가거라."

혼잣말처럼 중얼거리며 침을 몇 번이고 뱉고는 "하늘에서 비가 와야지, 뭐…" 하시는 것이었다.

나는, 어리둥절해 있는 연이와 함께 돌아서서, 유행을 과감히 벗어던지고 가뭄을 걱정하는 할머니의 간절한 기원과 용감한 행동을 보고 가슴이 뜨거웠다.

3

이 글을 보고 잊혔던 옛 친구를 다시 만난 듯 감회가 새로웠다. 이 교수의 지적대로 내가 세상에 처음 내놓은 글이 아닌가 싶기도 하여 소중하기도 했다.

친구야, 고맙다.

(2015. 11.)

부잣집

이웅재 교수가 《이음새문학》열세 번째 글모음(2015)을 보내주었다. 거기에는 이 교수가 쓴 수필 두 편이 실렸는데 그중 한 편인 「고구마와 여대생」속에 내 이야기를 담고 있었다.

… 내 글 다음에 「厲祭(여제)」라는 글이 있는데, 그 지은이가 민충환(閔忠煥)이었다. 그는 나하고 같은 해에 K대학에 입학했던, 대학생활을 하면서 사귀게 된 친구이다. 그 친구는 당시 서울 성북구 상월곡동에 살았다. 어쩌다 그 친구의 집에서 하룻밤을 자게 된 적도 있었다. 한마디로 부잣집이었다. 나처럼 가난뱅이는 그렇게 넓디넓은 집에서 잠을 자 본 기억만으로도 황홀했었다.

이 글에 나오는 내용은 1962년의 일이니 지금으로부터 53년 전의 얘기다. 그때는 이 교수 말마따나 우리집이 부잣집이었는데 그 뒤 삼촌들의 사업 실패로 집안이 파산되어 그간 고생고생하며 살았다.

이 교수의 글을 통해 예전 일을 잠깐이나마 회억할 수 있어 감개무량하였다.

나는 당시와는 달리 지금은 가난한 문학도(文學徒)로 성당에 열심히 다니는 마음이 부자인 사람으로 살고 있다. 그러니까 우리 집은 예전이나 지금이나 한결같이 부잣집임에 틀림없다.

(2015. 12. 15.)

《경기신문》을 찾아서

　부천시 중동역 인근에 '이지헌 북스'라는 꽤나 큰 고서점이 있다. 이곳은 물이 흘러가듯 지하로 내려가도록 되어 있는데 입구 양 옆에는 한때 인기를 누렸으나 이제는 퇴락하여 찾는 이가 없는 책들이 빼곡히 도열해 있다. 이 책들은 권당 천 원 아니면 지하에 소장된 책들을 많이 산 고객에게 덤으로 얹어 주기도 하는 것들이다.

　거기에 최일남의 단편집 『누님의 겨울』이 있었다. 예전에 감명 깊게 읽은 적이 있는 그 책이 여느 책과 섞여 허드레 취급을 받는 게 왠지 내가 모욕을 받는 것 같았다. 그러면서 그에 대한 연민의 정이 솟아 2014년 한 해 동안 그의 모든 작품(장편 6편, 단편 160편)을 찾아 읽고 거기에 나타난 주요어휘를 면밀히 조사, 정리했다. 그렇게 해서 만든 『최일남 소설어 사전』(조율, 2015)이 지난 11월 20일에 출간되었다.

　그로부터 11월 30일에 《서울신문》, 12월 4일 《한겨레신문》,

12월 7일《동아일보》, 12월 16일《불교신문》에 책 소개 기사가 났다. 나는 신문들을 구해서 정성스레 스크랩을 하였다. 현역작가 중 최고령인 최일남 선생님께 인사를 드리러 가는 길에 갖다 드리기 위해서였다. 책을 낸 출판사 사장과 무슨 일로 통화 중에 이 얘기를 잠깐 했더니 내가 체크하지 못한 또 다른 한 신문을 알려 주었다.《경기신문》12월 1일자였다.

경기신문사는 수원시 장안구에 있었다. 그래서 수원 사는 친구에게 신문 한 부를 구해 달라고 부탁하였더니 즉각 연락이 왔다. 신문사에 갔더니 시간이 많이 지난 탓에 자기네들도 보관용밖에는 여분이 없다는 대답이었다.

이를 어쩐다? 부천시청에는 혹 있지 않을까 하는 데 생각이 미쳤다.

예상대로 홍보실에《경기신문》이 있었으나 이곳에도 오래된 것이라 이미 파기한 뒤였다. 그렇다면 도서관? 중앙공원 안에 있는 '작은 도서관'엘 갔다.

직원이 이곳저곳에 전화를 걸더니 부천세무서 인근에 있는 '꿈빛도서관'에 있다고 알려주었다. 신문을 보고 싶은 열망에 '꿈빛'으로 단숨에 달려갔더니 젠장 이곳에 비치된 신문은《경기신문》이 아니라《경기일보》였다.

실망한 내 얼굴이 안 되어 보였던지 직원이 인터넷으로 검색해 주었다. 그런데 그 기사를 읽기 위해서는 회원 가입을 한 뒤 별도의 요금을 내야한다는 것이었다.

　앓느니 죽지… 나는 절로 한숨이 나왔다. 그러고 보니 《경기신문》은 우리 곁에 가까이 있는 신문이 아니라 산 넘고 물 건너는 아득히 먼 곳에 있는 신문이었다.

　하는 수 없이 IT전문가인 큰아들에게 급전(急電)을 때렸다.

　－《경기신문》 2015년 12월 1일자 13면에 난 애비 기사를 찾아 보내라!

(2015. 12. 21.)

나비효과

2015년 11월 20일, 한 해 동안 공들여 작업했던 『최일남 소설어 사전』이 드디어 출간되었다. 여느 때와 마찬가지로 내 돈을 들여 낸 책이었다. 그간에 고생스럽게 뒷바라지를 해온 아내가 '이번에 는 제발 우편으로 책 보내는 일만을 삼가 달라'고 당부하였다. 지 난날 해온 숱한 과오(?)가 있어 그러마고 단단히 약조하였다. 그래서 이번 책을 위해서 수고해준 '하우고개' 식구들과 문학회 몇몇 회원에게만 배포하고 그 밖에는 아무에게도 책을 돌리지 않았다. 그런데 어느 날 민영 시인에게서 전화가 왔다. '복사골문학회' 소식지를 통해 출간 소식을 들으시고 축하 인사를 하시는 것이었다.

원로시인께서 손수 전화까지 하셨는데 아랫사람이 인사만 받는 게 예의가 아닌 것 같아 책을 보내드리겠다고 하였다. 그러고 보 니 마음에 걸리는 또 한 사람이 있었다. 작가회의 이사장인 이시 영 시인이었다. 그는 우리 이웃에 살고 있는 '402호' 집과 인척인 관계로 각별히 알고 지내는 사이일뿐더러 처음 이 일을 시작할 때 이 시인에게서 최일남 선생의 연락처를 소개 받았다. 그래서 예외적으로 두 사람에게만 책을 우송하였다. 그랬던 것인데 민영 선생한테는 책이 잘 배달되었는데 이시영 선생에게서 일이 어긋나면서 분란이 야기되었다.

아내가 내 핸드폰에 적힌 '이시영 선생에게 보낸 책이 오늘 반송될 예정'이라는 문자를 보고 이것이 어찌 된 일이냐고 따지듯 물었다. 도둑이 제 발 저리다고 나는 은밀히 추진했던 일이 탄로나는 바람에 기분이 몹시 상한 나머지 험한 말을 쏟아냈다. 그러면서 이시영 선생에게 경위를 물으니 최근에 이사를 했다며 새 주소지를 알려 주었다.

우체국으로 달려가서 다시 책을 부치고 돌아오니 아내는 이 일을 트집 잡아 또 화를 냈다. 한창 싸움 중인데 책 보내는 일이 그리도 급하냐는 것이었다. 결국 아파트가 떠나가라 고성을 지르고 몸싸움까지 하기에 이르렀다.

이시영 선생에게 보낸 책이 곧바로 배달되어 핸드폰에 흔적을 남기지 않았다면 아무 일도 없었을 것을 하필 이즈음에 이사를 간 탓에 46년 함께 산 우리 부부 사이에 우려할 만한 균열이 생기게 되었다.

2016년 1월 8일(금)은 나에게 있어 지긋지긋하고 끔찍했던 날이었다.

추기(追記)

이시영 선생에게 책을 보내고 집으로 돌아오니 선생으로부터 전화가 왔다. 방금 최일남 선생이 보내신 책이 도착했으니 자기한테는 안 보내도 된다는 내용이었다.

첫 번째 택배비 3,500원, 반송료 1,680원 두 번째 택배비 3,500원 그리고 우리 부부는 이 때문에 곧장 별거로 들어갈 판인데….

나는 한 나비의 짓궂은 날갯짓을 목도하고 씁쓸레한 웃음을 지었다.

(2016. 1. 8.)

공원에서 있었던 일

　우리는 B대학에서 함께 근무했던 옛 동료로, 한 사람은 총무과장을 지냈고 다른 한 사람은 인쇄실에서 일했으며 나는 학생을 가르치는 선생이었다.

　세 사람이 각기 다른 일을 했는데 어떻게 친구가 되었느냐고 의아해 하는 사람이 많았다. B대학의 전신은 공고(工高)였는데 우리는 그때부터 서로 죽이 잘 맞았다. 그래서 예비군 훈련을 받는 날에는 코가 비뚤어지게 함께 술을 마시곤 했었다.

　우리는 퇴직 후에도 매월 25일에 만났다. 그때마다 원미산을 등반한 뒤 역곡에 있는 한 음식점에서 소머리국밥을 안주삼아 막걸리를 마시며 두어 시간 동안 한담을 나누다 헤어지곤 하였다.

　우리 얘기란 항간에서 화제가 되었던 이런저런 내용이나 출가한 자식들에 대한 섭섭한 마음 등 아주 사소한 것이었는데 마무리는 으레, 우리는 가족들을 위해 잔뜩 맛을 우려내고 버려진 '멸치'

라는 다소 자조적인 내용이었다.

그런데 오늘 인쇄실장이던 윤 선생이 들려준 얘기는 사뭇 의미심장한 것이었다.

– 인천에 사는 그는 교회에서 새벽기도를 끝내고 집 인근에 있는 수봉공원으로 올라가 한 시간 동안 운동을 한 후 집에 와 아침을 먹고 또다시 공원으로 출근(?)하였다. 그곳에는 항시 2, 30명의 사람들이 모여 운동을 하거나 장기·바둑을 두며 소일하였다. 그러다 친한 사람들끼리 옆에 있는 매점에서 차를 마셨다. 통상 커피와 전통차를 팔았는데 가격은 한결같이 500원이었다.

그런데 어느 날 매점 주인이 바뀌면서 찻값을 느닷없이 천 원으로 대폭 인상하였다. 사람들은 갑작스런 이 사태를 놓고 갑론을박하다가 마침내 불매운동에 돌입하였다.

하루, 이틀, 사흘… 이들의 저항은 단호하고 맵짰다.

이윽고 한 주일이 되는 날 매점 주인은 가격을 종전대로 환원하고 전에 없이 양순해진 얼굴로 손님들에게 해해거렸다. 공원은 다시 평온을 되찾았다.

두 번째는 화장실 얘기였다.

어느 때 공원에서 지역행사가 열렸다. 수많은 사람들이 참가한 큰 모임이었는데 화장실 때문에 문제가 발생하였다. 화장실은 매점 옆에 붙은 단 한 곳뿐이었다. 남자쪽은 그런대로 괜찮았는데 특히 여자 화장실에서는 차례를 기다리는 인파로 장사진을 이루었다. 5분, 10분, 15분… 그 긴 줄이 좀처럼 줄어들 기미를 보이지 않게 되자 드디어 용감무쌍한 일단의 여자들이 남자 화장실로 들이닥쳐 이내 그곳을 접수해 버렸다.

아주 순식간에 일어난 일이었다.

윤 선생에게서 두 얘기를 듣고 나는 전신에 소름이 확 끼치는 것 같은 전율을 느꼈다.

겉으로 평범해 보이는 그 얘기를 통해서 민초들에게 감춰진 무서운 '혁명의 불씨'를 감지했기 때문이었다.

(2016. 2. 28.)

젖은 빨래 말리기

우리집에서 여름철에는 건조대를 베란다에 내놓고 빨래를 말린
다. 그러면 뜨거운 햇볕을 받고 한나절이면 바짝 마른다. 그러나
겨울철에는 베란다가 추운 관계로 부득불 건조대를 실내로 들여
와 보일러 불길이 지나는 따뜻한 목에 설치하고 빨래를 널어놓으
면 하룻밤 사이에 보송보송하게 마른다.

이렇듯 하절기에는 햇볕으로, 동절기에는 구들의 온기로 젖은
빨래를 말린다.

우리는 그간 북한에 대하여 이른바 '햇볕정책'을 일관되게 전개
해 왔다.

뜨거운 햇볕을 지속적으로 쬐게 되면 몸에 땀이 나게 되어 이윽
고 옷을 홀홀 벗게 되지 않겠느냐는 생각에서였다. 그러나 북한은
우리의 기대를 저버리고 옷을 벗고 개방화의 길로 나서기는커녕

체제를 더욱 공고히 하는 한편 핵과 미사일로 무장하고 세계평화에 우려할 만한 책동을 일삼고 있다.

이제는 위로부터의 '햇볕'이 아니라 아래로부터의 '구들정책'으로 전환해야 하지 않을까 한다.

방구들장을 따뜻하게 덮여 동토(凍土)를 해빙시킬 새로운 통일정책이 요망되는 '오늘'이다.

통일 얘기가 나온 김에 예전에 썼던 글 일부를 덧붙인다.

꽃철이 지났다든지 해서 벌통을 합봉(合蜂)하려 할 때, 일방적으로 그냥 합치면 양쪽의 벌들이 치열한 싸움을 벌여 급기야 모두 죽어버리기 때문에 일을 순조롭게 추진하기 위해서는 결국 다음과 같은 두 가지 방안이 강구된다고 한다.

첫 번째는, 벌통에다 연기를 쏟아 부어 안에 있는 벌들이 혼비백산, 온통 넋을 잃게 만든 다음에 합치는 방법이고, 두 번째는 통과 통 사이에 신문지 같은 것으로 얇은 막을 친 다음 뒤에 벌들이 통과할 수 없을 만큼의 작은 구멍을 여러 개 뚫어 놓는다. 그러면 그 작은 구멍을 통해서 옆의 통이 지니고 있는 특유의 냄새를 맡는 한편 서로의 몸을 맞비비는 사이 점차 적응성을 길러 이윽고 일정한 시간이 경과하면 각 통의 벌들이 동질성을 회복하게 된다고 한다. 일이 이쯤 되면 지금까지 두 통 사이를 가로막아 놓았던 신문지를 슬그머니 걷어내도 벌들은 아무 탈 없이 잘 지내게 된다는 것이다.

'바쁜 꿀벌은 슬퍼할 겨를도 없다'는 등 벌과 연관된 여러 가지 격언이 만물의 영장이라는 인간을 그간 무수히 깨우쳐 왔는데 앞에 든 작은 예 또한 우리의 통일문제와 관련하여 시사(示唆)하는 바가 적잖다고 생각된다.

(2016. 3. 17.)

높은 사람

"그 사람두 높아유."

그 말이 떨어지기 전에 또 다른 목소리가 곁들여졌다.

"놀미부락 개발 위원이구, 마을문고 후원 회원이구….."

그러자 여기저기서 우루루하고 아무나 한마디씩 뒵들이를 했다.

"부랄 조심(가족계획) 추진 위원이구…."

이문구의 「우리 동네 金氏」의 일부이다. 이 단편소설은 관 주도의 일방적인 행정에 대한 농민들의 작은 반발을 해학적으로 그린 작품이다.

이 소설을 읽다 보니 문득 이런 생각이 들었다.

─죽은 놈 뭐 맨크롬 축 늘어져 집안 한 구텡이에 처박혀 지내니까 나를 우습게 아는 모양인디 나로 말할 것 같으면 반기문 유엔 사무총장과 갑장이고 이명박 전 대통령의 대학 1년 후배이고 신

영복 선생 생전에 저녁을 함께 하면서 '처음처럼' 소줏병에다 사인까지 받은 사람이고…. 그뿐인 줄 알아? 최근에는 이사철 전 국회의원이 나에게 꼭 한 표 찍어 달라고 형님 형님 하는 사람이라구… 왜 그래, 좆도!

(2016. 2. 24.)

마각(馬脚)

이 선생이 아내 회갑을 맞아 일본을 다녀왔는데 여행에서 견문한 것 중 그들이 말고기를 먹는 게 이상했다고 하였다.

"왜, 우리도 제주도에서 먹는데…."

내가 말하자 이 선생은 "참, 그렇군요." 하고 머쓱하게 웃었다. 옆에서 우리 얘기를 조용히 듣고 있던 윤 선생은, "나는 예전에 말고기를 이에서 신물이 나도록 먹었어." 하는 것이었다.

"아니 말고기를 싫도록 먹다니 뭔 소리야?"

놀라 묻자 그는 6·25 전쟁 때의 충격적인 경험담을 들려 주었다.

– 그때 나는 강원도 철원에서 살았다. 철원은 지금과는 달리 북한 땅에 속하였다. 기마병 하나가 거리를 순찰하며 지나고 있었다. 이때 미군 제트기가 낮게 날며 기총소사를 하여 인민군과 군마가 한꺼번에 그 자리에서 피를 쏟으며 즉사하였다. 눈깜짝할 사

이에 일어난 일이었다.

얼마 뒤 거리가 잠잠해지자 집안에서 숨죽여 지내고 있던 사람들이 하나 둘 이 참상의 현장으로 기어나와 죽은 인민군을 밀쳐버리고 말에게 달려들었다. 그들의 손에는 각기 녹슨 식칼이 들려 있었다.

나도 그들 틈에 끼어 아귀다툼 끝에 드디어 말 다리 하나를 차지하였다. 그것은 굶주리고 있던 우리 가족에게 더없이 귀한 양식이 되었다.

죽은 인민군은 나보다 나이가 그리 많지 않은 소년병이었다.

오늘은 괜한 말고기 얘기로 아프고 참혹했던 당시의 일을 상기하고 우리는 아무 말 없이 술잔만 기울였다.

(2016. 3. 1.)

비 오는 날에

2016 사순 묵상집 『돌아섬』 중에서 「아버지의 사랑」을 보고 깊은 인상을 받았다.

— 여행 중에 큰 교통사고를 당하여 딸이 보조다리 없이는 걸을 수 없게 되었다. 딸보다는 덜했지만 아버지도 마찬가지였다. 딸은 그런 아버지에게서 많은 위로를 받았다. 그런데 입학식 날 눈앞에서 놀라운 일이 벌어졌다. 차도에 뛰어든 어린 꼬마를 구하기 위하여 아버지가 보조다리도 없이 전속력으로 달리는 것이 아닌가. 아버지는 정상인이었는데 딸을 위로하기 위해 지난 4년 동안 보조다리를 짚고 다녔던 것이다.

이 글을 읽으며 신영복 선생이 쓴 『담론』 중의 한 내용이 연상되었다.

– '함께 맞는 비'는 내가 붓글씨로 자주 쓰는 작품입니다. 이 글의 핵심은 작은 글씨로 쓴 부서(附書)에 있습니다. "돕는다는 것은 우산을 들어 주는 것이 아니라 함께 비를 맞는 것이다."

앞의 글에 등장하는 아버지야말로 진정으로 딸을 위하여 함께 비를 맞았던 예라 할 만하다.

그러다 보니 예전 학교 있을 때 일이 문득 생각났다.

– 점심시간이 되면 평소 가깝게 지내는 동료들이 하나, 둘 내 연구실로 모여들었다. 올 사람이 다 왔다 싶으면 우리는 교문을 나와 중국집은 거들떠보지도 않고 된장찌개를 잘 끓이는 충청도 할매집이나 함흥냉면집 혹은 서더리탕집을 향해 발걸음을 옮겼다. 그러다 정작 비가 오는 날이면 외출하기 불편하여 이번에는 중국집에 전화를 걸었다.

"아저씨, 짬뽕 두 개 하구 간짜장과 볶음밥 각각 하나씩이요. 그리구 김치 좀 넉넉히 가져오세요. 참 잊을 뻔했는데 팔팔 디럭스 담배 한 갑 하구요."

통화를 끝내고 10여 분이 지나면 유리창 너머에서 오토바이 멎는 소리가 들려오고 뒤이어 저벅거리는 발걸음 소리, 이윽고 빗물을 후드득 뿌리며 '철가방'이 차가운 바람을 몰고 방안으로 들어선다.

"미안합니다, 사장님."

내가 겸연쩍게 말하자, "뭘요, 괜찮습니다. 비는 우리가 맞지요,

뭐⋯." 하고 중국집 주인장이 쾌활하게 대답했다.

　돌이켜 생각해 보면 그때 우리는, 이웃의 어려움을 괘념치 않고 '비는 네가 맞으세요' 하고 이기적으로 산 것만 같아 몹시 부끄러웠다.

(2016. 3. 20.)

꼴

역곡의 골목길을 걷다 우연히 한 예배당 벽에 적힌 문구가 눈에 띄었다.

'내가 문이니 누구든지 나로 말미암아 들어가면 구원을 얻고 또는 들어가며 나오며 꼴을 얻으리라.' – 요한복음 10장 9절

이 말 중, 특히 '꼴'이 눈에 생소하였다. 그래서 가톨릭 성경을 펼쳐드니,

'나는 문이다. 누구든지 나를 통하여 들어오면 구원을 받고, 또 드나들며 풀밭을 찾아 얻을 것이다.'

'꼴'이 '풀밭'으로 되어 있었다.

그러니까 여기서 쓰인 '꼴'은, 말이나 소에게 먹이는 목초(牧草)를 뜻하는 것이었다.

친구를 만나 점심을 먹고 시장통을 돌아나오는데 한 중년부부가 좌판 앞에서 씩둑꺽둑하고 있었다.

"저 웬수, 낮부터 술을 처먹구 꼴도 뵈기 싫으니 가!"

아내가 잔뜩 화가 나서 소리치자 남편이 이죽거리며 대꾸하였다.

"그러지마, 꼴은 내가 벨께."

부부의 말싸움을 듣고 옆을 지나가자니 왠지 모를 웃음이 나왔다.

그러면서 이즈음 내 사는 꼴은 어떤가, 잠시 생각하였다.

인디언들은 열두 달의 이름을 특이하게 부른다는데 나의 일 주일은 고작 이렇다.

월요일 : KBS 1 TV '우리말 겨루기' 보는 날.

화요일 : 아파트 분리 배출하는 날.

수요일 : 아파트 장 서는 날.

목요일 : SBS TV '순간포착 세상에 이런 일이' 보는 날.

금요일 : KBS 2 TV 'VJ특공대' 보는 날.

토요일 : KBS 2 TV '불후의 명곡' 보는 날.

일요일 : 성당 가는 날.

(2016. 4.)

해오름 마을에서

강원도 양양에 갔었다. 襄 오를 양 陽 해 양, 즉 해오름이란 뜻을 지닌 고장이다. 이곳은 새해를 맞아 동해의 일출을 보기 위해 전국 각처에서 몰려오는 사람들로 해마다 북새통을 이루었다.

한 노파가 딸네집에 가기 위해 집을 나섰다. 그곳에 가기 위해서는 세 시간마다 한 대씩 다니는 시외버스를 타야 했다. 그런데 교통이 마비되는 바람에 버스가 정차하는 장소가 일정치 않아 이곳저곳을 뛰어다녀야 할 판이라 노인의 입에서 나오는 말이 고울 리 없었다.

"씨팔놈들, 지 사는 마을에는 해도 안 뜨나, 이곳에 와서 난리굿이게….."

겨울바람이 몹시 차가웠다.

(2016. 8. 26.)

태풍이라도

연일 뙤약볕만 내리쪼였다. 60년 만에 맞는 왕가뭄이라고 했다. 밭에서 일하던 한 촌로(村老)가 혼잣말처럼 중얼거렸다.

"차라리 태풍이라도 한번 왔으면 쓰것다."

길을 가던 나는 이 말을 듣고 전신에 소름이 돋는 듯한 전율을 느꼈다. 촌 늙은이의 이 말은 요즈음 우리나라 정치가들의 작태를 보고 차라리 혁명이라도 일어나서 기존의 판을 한번 뒤엎었으면 좋겠다는 민중의 소리로 들렸기 때문이다.

(2016. 8. 17.)

* 이 글을 오늘 다시 읽자니 묘한 생각이 들었다. 2016년 8월 이후에 어떤 일이 있었던가. 촛불혁명으로 박근혜 정부가 조기퇴진하고 문재인 정부가 들어섰다. 그리고 2018년 살인적인 무더위에 많은 사람들이 태풍이라도 불었으면 좋겠다고 얘기했더니 '솔

릭(SOULIK)'이 한반도를 강타하여 전국에 큰 피해를 입혔다. 말이 씨가 된다. 여자의 곡한 마음 오뉴월에 서리친다는 등의 우리 속 담이 있다. 말의 주술성(呪術性)이 주는 무서운 위력을 새삼 실감 하였다.

슬픈 수박

친구들과 환담을 나누던 중에 기피(忌避) 음식에 대한 말이 나왔다.

이 선생은 대뜸 보리밥을 안 먹는다고 하였다. 어렸을 때 집안이 가난하여 보리밥을 너무 많이 먹어서 보리만 보아도 넌더리가 난다는 것이었다.

나는 새우가 싫다고 대답하였다. 그러자 두 사람은 이해가 안 된다는 표정으로 흘낏 나를 쳐다보았다.

6·25 전쟁 때 우리 집은 천안역에서 삼십여 리 떨어진 시골 마을로 피난을 갔다. 거기에서 어머니는 떡을 만들어 시장에 내다 팔아 식구들이 연명할 수 있었다. 이따금 나는 어머니를 따라 시장에 갔다. 그러나 그곳에 돈 없이 고픈 배를 채워줄 수 있는 것은 아무것도 없었다. 그런 중에 다행히 건어물 가게에서 얼마간 마른 새우 먹는 것을 눈감아 주었는데 그날따라 조금 많이 먹은 것이 그만 탈이 나서 몹시 체하였다. 그로부터 마른 새우를 먹으면 몸

에서 거부반응이 일어났다.

세 번째로, 윤 선생이 말을 이어받았다.

그는 수박을 못 먹는다고 하였다. "수박을 왜?" 하고 묻자 그는 아픈 사연을 털어놓았다.

마을 친구와 같이 땔나무를 하러 산에 올랐다. 한식경이나 지나 솔가지를 지게에 잔뜩 짊어지고 내려오자니 배가 후출하고 목도 말랐다. 그때 그들이 생각해 낸 것은 남의 집 수박 서리였다. 크고 잘 익은 수박 한 덩어리를 따다가 먹으려고 막 깼는데 어디선가 대포알이 날아와 근처에서 터졌다. 함께 갔던 친구 하나가 파편에 맞아 피를 흘리며 수박 위로 쓰러졌다. 그때 수박은 선혈(鮮血)로 붉게 물들었다.

6·25 때의 아픈 기억으로 말미암아 윤은 그로부터 수박을 입에 대지 않게 되었다고 하였다.

그러고 보면 사람들은 저마다 이런저런 일을 당하고 아픈 기억을 가슴에 켜켜이 묻은 채 살아가는 슬픈 존재인 것만 같다.

(2016. 10. 21.)

나는 누구인가

　나는 여러 권의 국어사전을 갖고 있다. 국립국어원에서 펴낸 『표준국어대사전』(상·중·하)을 비롯하여 한글학회 편 『우리말큰사전』(1~4), 『금성판 국어대사전』(1~2), 『고려대 한국어대사전』(1~3) 그리고 북한에서 나온 『조선말대사전』(1~2) 외에 『겨레말 용례사전』·『토박이말 쓰임사전』(1~2)·『詩語사전』·『국어비속어사전』·『우리속담사전』, 그중 한글학회 『우리말사전』·『동아 새국어사전』·『연세 한국어사전』 등 소사전은 특히 책상 위에 항시 놓고 지낸다.

　누군가는 외국어도 아닌 모국어를 살펴보는 데 그렇게 많은 사전이 필요하냐고 반문할지 모른다.

　최근에 「오탁번 詩語사전」 작업을 하고 있는데 실제 예를 들어가며 그 이유를 설명해 보겠다.

엉아? 엉아?/ 참 웃긴다./ 너희들 외로워서 그러지?/ 나야말로 정말 외롭다

「엉아」

여기에 나오는 '엉아'는 무슨 말인가? 이 말이 다른 사전에는 나오지 않고 한글학회 『우리말큰사전』에만 '형'의 어린이말(방언)이라고 되어 있다.

다음을 보자.

보리저녁이 되면/ 어미젖 보채는 하룻송아지처럼/ 나는 늘 배가 고팠다

「작은어머니」

보리누름(보리가 누렇게 익는 철), 보리동지(조금 둔하고 숫된 사람) 그리고 보릿고개 등속의 말들은 더러 들어보았는데 '보리저녁'이라니?

이 말은, '(보리쌀을 안쳐야 할 무렵이라는 뜻에서) 해가 지기 전의 이른 저녁'이라고 『토박이말 쓰임사전』에서 상세히 적고 있다.

…· 아무도 밟지 않은/ 숫눈 위에 난/ 기러기 발자국이여

「설니홍조」

여기에 나오는 '숫눈'은 대부분의 사전에 다 수록되어 있다. 그 풀이를 보자.

〈국립국어원〉 : 눈이 와서 쌓인 상태 그대로의 깨끗한 눈.

〈한글학회〉 : 쌓인 그대로 변함없이 깨끗한 눈.

〈고려대〉 : 눈이 와서 쌓인 상태 그대로인 깨끗한 눈.

〈금성판〉 : 눈이 와서 쌓인 채 그대로의 눈.

〈토박이말〉 : 아무도 지나가지 않아 처음 쌓인 그대로 있는 눈.

〈시어사전〉 : 처음 내린 눈 상태 그대로의 눈.

〈조선말〉 : 발자국이 나거나 녹거나 하지 않고 내려 쌓인 채로 고스란히 남아 있는 눈.

앞의 내용을 비교해 볼 때 북한의 『조선말대사전』 풀이가 제일 소박하고 무던한 느낌을 준다.

한 줌 재 되어/ 한강에 뿌려진 그대는 / ⋯⋯ 지금쯤 연평도 물이랑에서/ 조기떼와 살갑게 놀고 있는가

「설니홍조」

물이랑이란? 이 말은, '물이 넘실거려서 물의 표면이 밭이랑처럼 된 것'이라고 『詩語사전』에만 그 뜻이 수록되어 있다.

눈을 뜨고 보니/ 내 앞에 배꼽티를 입은 / 배젊은 아가씨가 서 있었다

「운수 좋은 날」

청년이⋯/ 여주인공의/ 빵빵한 가슴을 애무하며/ 입술을 빠는 동안

「행복」

위 시에 나오는 '배꼽티'와 '빵빵하다'와 같은 신조어(新造語) 또는 유행어는 근년에 출판된『고려대 한국어대사전』에서만 '배꼽이 드러날 정도로 길이가 짧은 티셔츠' '(사람의 몸이) 매우 풍만하고 탄력이 있다'를 속되게 이르는 말'이라고 풀이하고 있다.

> 나하고 동갑내기 S 시인은/ 망년회에서 만날 때마다/ 자기가 別妻라고 까
> 놓고 말한다
>
> 「처복」

까놓고 말하다 — 우리가 언어생활 중에 자주 쓰는 이 말은 일반 사전에는 보이지 않고 오직『비속어사전』에, '드러내 놓고 솔직히 말하다'를 속되게 이르는 말이라고 풀이되어 있다.

> 동무들은 시린 손을 호호 불지만/내 손은 눈곱만큼도 안 시리다
>
> 「벙어리장갑」

여기에 나오는 '눈곱만큼'은 어떤 말로 해석하는 게 좋을까.『연세 한국어사전』에서는 이 말을 '조금도, 전혀'로 풀이하였는데 이는 간략하지만 핵심을 잘 짚은 설명인 것 같다.

앞에서 잠시 살펴보았듯이 한글학회 사전은 방언을, 고려대 사전은 신조어 내지 유행어를, 북한사전은 어휘의 다양한 의미를 폭

넓게 수록하고 있는 나름대로의 특장(特長)을 지니고 있다. 한편 토박이말·비속어·속담사전 등은 그 분야의 말들을 다수 수록하고 있어 바른 언어생활을 영위하는 데 크게 기여하고 있다.

나는 이따금 고서점을 즐겨 찾는데 그때마다 거기에 산적해 있는 책을 볼 적마다 마음이 착잡해지곤 한다. 한때는 낙양의 지가를 올리며 비까번쩍했던 저 많은 책들이 세월의 무게를 이기지 못하고 이제는 눅눅한 어둠 속에서 먼지를 뒤집어 쓴채 퇴락해 가고 있다. 더욱이 나를 안타깝게 하는 것은 이름난 국어학자의 감수라는 이름을 단 두툼한 국어사전이 너절하게 비에 젖고 있는 모습이다.

지나온 세월을 돌이켜 볼 때 나는 그간 사람들에게 어떤 '책' 혹은 '사전'이었을까. 아니 소용에 닿는 그 무엇이기는 하였는가. 요즈음 들어 헌책방의 책처럼 남루하게 늙어갈까 보아 삶이 자못 심산하다.

(2017. 2. 28.)

《부천작가》17집 (2017. 12. 20.)

친구의 '문자'를 보고

이관상은 내 중학교 때 '절친'이다. 소방관으로 오랫동안 봉직하다가 퇴직 후에는 소방시설관리사로 재취업하여 지금까지도 '현역'으로 일하고 있다. 그는 독서와 글쓰기에 관심이 많아 내가 책을 낼 때마다 한 권씩 주는데 우리 문학회 책 중에는 특히 《부천수필》을 즐겨 읽었다.

엊그제 그에게서 핸드폰으로 문자가 왔다.

— 33인의 부천수필집을 끝까지 읽고 감동 깊었어요. 특히 황정순님의 글은 사람의 땀내 나고 마음속 깊이 와 닿는 수작이라 생각됩니다. 곰삭은 맛이 나는 듯도 하구요.

친구의 문자를 보고 황정순에게 연락을 하자니 전화번호를 몰라 강향숙에게 겨우 물어 '소쩍새 우는 사연'을 주저리주저리 읊어댔다.

황정순에게서 이내 답신이 왔다.

— 수필에 대한 회의나 자신감이 없을 때마다 교수님이 지켜봐 주시고 격려와 칭찬을 해주셔서 그 영양분을 먹고 사는 사람 같습니다. 늘 존경하고 감사드립니다.

내 친구 이관상이 수필을 평가하는 전문가라고는 할 수 없지만 일반 독자의 의견으로 참고할 필요는 있다고 본다.

매년 그의 의견을 들을 때마다 나와 공부하는 '하우고개' 식구들이 거론되기를 은근히 기대했는데 그렇지 못했다. 하우고개 작품은 '사람의 땀내가 나고 마음속 깊이 울리는' 수필이 못 되었다는 증좌이기도 한데 그 책임은 전적으로 나에게 있는 것만 같다.

소탐대실(小貪大失)이라고, 맞춤법이니 적합한 어휘니 하고 소소한 것에만 관심하느라 정작 문학이 궁극적으로 지향하는 '감동' 지도에는 미흡했다는 결론이다.

친구의 '문자'에서 비롯된 근간의 일로, 내 잘못을 깨닫는 귀한 계기가 되었다.

(2017. 4. 9.)

활량리에 가면

나는 이따금 '활량리'에 간다. '활량리'는 서울 지하철 6호선 돌곳이역 바로 앞에 있는 한 한식집 이름이다. 이 상호는 예전 이곳의 소지명(小地名)을 그대로 쓴 것인데, 조선조 때 한량이 많이 살았다는 데서 이같은 명칭이 붙게 되었다고 한다.

음식점 주인장은 이 동네 터줏대감으로, 옛 주민들의 요청에 따라 매주 목요일마다 특별히 서울식 추어탕을 하였다. 그래서 이날은 본토박이 노인장들의 각종 모임이 이곳에서 풍성하게 열렸다.

서울식 추어탕은 남도식과는 달리 미꾸라지를 통째로 쓰는 특색이 있다. 고추장을 푼 육수에 두부, 호박, 쇠고기, 유부 등과 대파를 숭숭 썰어 넣고 푹 끓이면 여름을 나는 훌륭한 보양식이 된다.

그곳에 가면 평소 즐겨 먹던 그 추어탕을 맛볼 수 있을 뿐만 아니라 각 방에서 쏟아져 나오는 막은데미, 다릿굴, 안감내, 부석굴, 치마바위, 참내, 고갯말 등 어릴 적에 들었던 정겨운 지명을 실컷

들을 수 있다. 그 소리를 듣노라면 왠지 모르게 타임머신을 타고 예전으로 돌아간 듯 마음이 편안해진다.

나는 이웃 동네인 상월곡동이 본향이고, 이곳에 외갓집이 있어 왕래가 잦았다.

가정사로 인해 1970년대 초에 여기를 떠났으니 어언 반세기 세월이 흘렀다. 객지에서 떠돌며 살다 보면 더러 고향 생각이 날 때가 있는데 그럴 때는 '활량리'를 호젓이 찾고는 했다.

그날도 어린 시절 친구인 홍선이, 인홍이와 함께 소주를 마시면서 이야기를 나누었다. 이런저런 말끝에 초등학교 적 친구인 김진수가 문득 생각나서 근황을 물었더니 그는 무슨 사업을 하다가 도산하여 지금은 철원에 산다고 하였다.

"철원? 내가 그곳을 좀 아는데…." 했더니, "네가 철원을 어떻게 알아? 군대 생활도 서울서 한 늠이." 하고 인홍이가 핀잔 섞인 어조로 말했다.

나는 월북작가 이태준 연구 관계로 상허의 고향인 철원을 자주 답사했던 얘기를 들려주자 인홍이가 불쑥 "그렇다면 이태준은 월북작가가 아니구먼. 그때 철원은 엄연히 이북 땅이었으니까." 하는 것이었다.

"그것도 말 되네. 그런데 넌 왜 동두천으로 이사 갔어?"

"장모님 수발 때문에…."

"이제 고향에 남은 내 친구는 홍선이 뿐이네."

우리는 주위에 어둑발이 내리도록 술잔을 기울이며 이야기를 이어갔다.

'활량리'는 단순한 음식점이 아니라 점차 메말라 가는 내 정서의 급수처이자 옛 동무를 만나는 사교의 장(場)이며 또한 옛날을 회억하는 추억의 창구이기도 하다.

마음의 고향인 활랭이[8]여!

(2017. 8. 8.)

《부천작가》 17집 (2017. 12. 20.)

---

8) 활량리의 구어적 표현임.

백비(白碑) 앞에 서서

복사골문학회 친구들과 함께 충북 진천으로 여행을 갔다. 농다리를 건너 둘레길을 걸은 뒤 3층 목조탑으로 유명한 보탑사(寶塔寺)를 찾았다. 이곳저곳 경내를 둘러본 뒤 사찰 옆에 호젓이 서 있는 비각을 구경하게 되었다.

'진천 연곡리 석비'라고 쓴 안내판에는 이 비가 보물 제404호라 적고 있었다. 보물이라는 말에 새삼 호기심이 발동하여 각 안을 유심히 들여다보니 거북 받침 위에 몸을 세운 비(碑)에는 아무 글자도 적혀 있지 않고 어둠만이 가득했다.

이것이 도대체 어찌 된 일인가. 잠시 내 나름대로 상상의 날개를 펼쳐 보았다.

- 아주 오랜 옛날, 이곳에 '활인지불(活人之佛)'로 추앙되던 고승(高僧) 한 분이 계셨다.

어느 해 심한 가뭄이 들어 논과 밭은 물론 주위의 산과 들까지 메말라 하루에도 수십 명씩의 아사자가 속출하였다.

스님은 법당에서의 염불을 집어치우고 중생들 구제에 나섰다. 그리고는 절 안에 값나가는 것을 하나도 빼놓지 않고 내다 팔았다. 하지만 무심한 하늘은 좀처럼 비가 내릴 기미조차 보이지 않았다.

스님은 이윽고 금불상의 도금을 긁어내기 시작하였다. 이렇게 얻은 금분(金粉)을 팔아 식량을 사서 가난한 사람들에게 나누어 주었다. 금분을 다 벗겨내자 은이 나왔다. 은분을 벗겨 이번에는 병든 사람을 구휼하였다. 은이 다하자 이번에는 동(銅)이 나왔다. 동분을 벗긴 것으로 홀로 된 노인을 봉양하였다. 동분을 다 벗겨내자 철로 빚어진 불상이 드러났다.

지성이면 감천이라 했던가. 마침내 하늘에서 비가 내리기 시작했다. 그러자 죽어가던 산야에서 푸릇푸릇 생명이 움트기 시작했고 사람들도 차츰 삶의 활기를 되찾게 되었다.

이러구러 세월이 흘러 스님의 만년에 이르렀다. 사람들은 스님을 위한 공덕비를 세우기로 하고 비문 작업에 착수하였다.

첫 번째로 작성한 내용은 2천자가 넘는 장문이었다. 스님은 이를 보고는 "번다(煩多)하다."고 말씀하셨다.

제자가 글을 200자로 축소하였다. 스님은 또 마다하셨다. 제자는 또다시 20자로 다듬었다. 스님은 이번에도 많다 하셨다.

제자는 '救民' 두 자를 스님께 바쳤다. 스님은 아직도 많다고 하셨다. '民' 한 자를 드렸더니 "아직도 많고 뜻이 무겁다."고 일갈(一喝)하셨다.

제자가 마지막으로 아무것도 쓰지 않은 백지를 눈물로써 들어 올리자, 스님은 "이제 되었다." 하시며 입가에 희미한 미소를 띄우고 조용히 숨을 거두었다.

백비(白碑), 그 침묵이 함축하고 있는 깊은 뜻은 말의 홍수 속에서 살아가고 있는 우리들 가슴에 그 어떤 글이나 말보다 더욱 큰 울림으로 다가왔다. 나는 어둠 속에 잠긴 비를 향해 경건히 목례를 올렸다.

(2017. 10. 24.)

《시와동화》 2021 가을호

한 잔의 물

이준용(80) 대림산업 명예회장이 경북 포항 지진 피해자를 돕기 위해 사비(私費)로 10억원을 기부한 사실이 뒤늦게 알려졌다.

이 기부금은 포항 지역 재건과 지진 피해 복구 등에 사용될 예정인데 10억원은 이번 지진과 관련해 개인이 기부한 최대 액수다.

아침 신문에 난 기사 내용이다.

이 글을 읽고 문득 한 생각이 머리에 떠올랐다.

대림산업 홍보실에서 오래 근무하다 퇴직한 친구가 언젠가 나에게 이런 얘기를 들려준 적이 있었다.

이준용 회장이 사내 사무실을 순시하던 중 목이 말라 한 여직원에게 물을 부탁했다. 여직원이 건네준 물을 받아든 회장이 혼잣말처럼 작게 말했다.

"저 처자 시집가면 살림이 헤프겠는걸."

컵에 따른 물이 조금 많았다는 것을 우회적으로 지적한 말이었다.

돌이켜 보면 적은 물도 아꼈던 절약 정신이 큰 부(富)를 이루었을 것이고 그 돈을 어려운 이웃을 위해 쾌척함으로써 노블레스 오블리주(지도층의 사회적 책임 실현)를 몸소 실천하였던 것이다.

오늘 신문 한 귀퉁이에 난 자그마한 미담 기사가 가슴을 따뜻하게 해 주었다.

(2017. 11. 23.)

이발관을 나서며

　나는 상가 지하에 있는 목욕탕 이발관에서 보름 남짓마다 머리를 깎는다. 그날은 일이 있어 특별히 첫새벽에 갔더니 이발사가 카운터를 지키고 있었다.

　이곳에서는 중국 교포 때밀이 한 사람과 입구에서 돈 받는 이 그리고 이발사 이렇게 세 사람이 일했는데 다른 두 사람은 집에서 출퇴근했지만 이발사만 상주하였다. 그래서 아무도 없는 한밤중과 새벽 시간에는 그가 이곳 일을 관장하는 '야간사령관'이었다.

　입욕료를 내려고 하자 그는 슬그머니 나를 안으로 이끌며 "웬일로 이렇게 일찍 오셨대유?"하고 물었다. 대전에서 고종사촌 동생 딸내미 결혼식이 있어서 새벽같이 출동했다고 대답했다.

　그는 충남 서산 사람으로 나와는 갑장이어서 평소 친근하게 지냈다.

이발은 금방 끝났다. 자리에서 일어서려는데 그는 나를 주저앉히며 많은 사람들 앞에 나서는데 흰머리가 보여 되겠냐며 머리 염색을 해주겠다는 거였다. 염색이 끝나자 그는 정확히 십분 후에 머리를 감을 것과 탕 안에 들어간 김에 충분히 목욕까지 하고 나오라는 당부를 덧붙였다. 혹여 내가 목욕값을 안 내고 들어왔다고 머리만 대충 헹구고 나올 것을 우려해서 한 말이었다.

그의 말을 좇아 샤워까지 하고 욕탕에서 나오자 그는 또다시 나를 의자에 앉히고는 머리를 가지런히 손질해 주었다. 그러자 추레했던 늙은이가 졸지에 노신사로 바뀌었다.

감사 인사를 하고 이발관을 나서려는데 여러 가지 상념이 일순 머리에 떠올랐다.

오늘은, 경로 입욕료 5천 원, 염색 만 원, 드라이 5천 원 거기에 쌍화탕도 한 병 마셨으니 이발요금 만 원을 내고 무려 2만 천여 원 상당의 특혜를 본 셈이었다.

누군가를 안다는 이른바 '빽'이 과연 좋구나 하는 생각도 잠시 이것은 권력자의 뒷배에 다름 아니겠느냐 하는 생각이 번뜩 들었다.

이것의 맛은 달고 상큼하고 기분 좋을 뿐만 아니라 경제적으로도 꽤나 많은 이득을 수반한다. 생각이 여기에 미치자 아무래도 이런 단맛에 길들여지기 전에 어서 단골 이발관을 바꿔야겠다는 다짐을 불현듯 하게 되었다.

밖으로 나오자 겨울 찬바람이 온몸을 엄습했지만 왠지 모르게 정신은 더없이 가볍고 쇄락하였다.

(2017. 12. 20.)

막은데미에서

내가 '활량리'를 다시 찾은 것은 홍선이가 상월곡동을 떠난다는 얘기를 듣고 나서였다. 홍선이가 이사를 간다는 게 뭐 그리 대단한 일이냐고 반문할지 모르지만 나에게는 매우 충격적인 소식이 아닐 수 없다.

예전에 상월곡동은 50여 가구에 불과한 작은 동네지만 이웃간에 서로 돕고 지내는 정겨운 곳이었다. 그런데 1970년대 산업화 물결이 밀려오면서 토박이들이 하나 둘 마을을 떠나게 되었다. 우리집도 그중의 하나였다.

홍선네는 비록 산비탈 연립주택에서 어렵사리 사는 처지였지만 이곳을 끝까지 지켰던 '마지막 잎새'였다. 조금은 더 버틸 수도 있었지만 최근 그의 아들이 무슨 사업을 벌였다가 파산하여 큰 빚을 떠안게 되었다. 홍선이는 하는 수 없이 당신 집을 처분하여 아들 빚을 청산하고 얼마간 남은 돈을 가지고 동두천으로 떠난다는 거였다.

"왜 동두천이야, 가까운 곳도 있는데…?"

"인홍이가 제 사는 옆에 와서 함께 살자고 해서…."

"고마운 일이구나. 그런데 나는 아무 도움도 못되고 미안하다."

우리는 수육을 안주로 소주를 들면서 아쉬운 작별의 정을 나누었다. 때마침 식당 주인장이 점심 손님을 대충 마감하고 우리 옆으로 와서 앉았다.

"사장님, 장위동의 범위가 어떻게 되죠?" 내가 묻자 "이곳 돌곶이에서 막은데미까지요. 그 너머는 상월곡동이죠." 하고 대답했다.

막은데미라는 말이 나오자 홍선이는 오래전 그곳에서 있었던 일이 생각난다며 퍽 흥미로운 얘기를 들려주었다.

6·25 전쟁이 휴전되고 세상이 어수선했던 때의 일이다.

장위동 양계장집 큰아들이 어디선가 술을 잔뜩 마시고 고갯길을 넘어오다가 상월곡동에서 반편으로 소문난 만석이를 심하게 두들겨 팼다. 때마침 근처를 지나던 동네 사람 하나가 이를 목격하고 술꾼을 패대기쳐 응징하였다.

이 일로 말미암아 두 동네 사이에 패싸움이 크게 벌어져 상월곡동 사람 두엇이 부상을 당했다. 이윽고 상월곡동의 과격한 젊은이 몇몇이 막은데미에 초막을 짓고 장위동 사람들의 출입을 철저히 통제, 평소 사이좋게 지내던 두 마을이 졸지에 원수지간으로 급변

하여 첨예하게 대립하게 되었다.

하루 이틀… 대치 관계가 장기화됨에 따라 생활상의 불편이 도처에서 나타나기 시작하였다. 하루는 장위동에서 응급환자가 발생하여 급히 문안 큰 병원으로 이송해야 하는데 막은데미에서 길이 막히는 일까지 발생하였다.

상황이 이 지경에 이르게 되자 마을의 덕망 있는 한 노인이 장위동의 구장과 전격적으로 만나 대척관계를 불식하고 화해의 길을 열었다.

"홍선아, 오늘은 막은데미에 가서 한 잔 더하자."

내 제의에 홍선이가 쾌히 응낙하였다.

"좋지, 2차는 내가 살게."

우리 두 사람은 전철을 타지 않고 옛길을 걸어 막은데미까지 왔다. 마침 호프집이 눈에 띄어 안으로 들어갔다.

TV에서는 북한선수단을 태운 전세 여객기가 막 양양에 도착했다는 뉴스를 다급히 전하고 있었다.

이 광경을 보자 어려운 문제를 일거에 해결했다는 그 옛날 마을 원로 생각이 불현듯 떠오르며 눈에서 알 수 없는 눈물이 흘렀다. 내가 오늘 술이 꽤나 취했던 모양이다.

(2018. 2. 8.)

아, 옛날이여

　지난 3월 22일 밤 10시 TV조선에서 방영된 〈인생다큐 마이웨이〉 '김상희 편'을 보게 되었다.

　'대머리 총각'으로 잘 알려진 가수 김상희는, 군사정권 시절 김대중 전 대통령의 공보비서로 함께 정치적 망명을 떠난 남편으로 말미암아 방송 출연이 일체 금지되었다. 이 때문에 생계를 잇기 위해 E대 앞에서 햄버거 장사까지 한 일이 있었다고 했다.

　항상 밝고 반듯한 품위를 보였던 그녀에게 그런 어려움이 있었다는 사실을 듣고 적잖이 놀랐다.

　프로그램이 끝나 채널을 다른 곳으로 돌리자 때마침 뉴스 시간, 아나운서가 이명박 전 대통령의 구속 소식을 숨가쁘게 전하고 있었다.

　김상희에 잇대어 나타난 이명박, 두 사람의 상반된 모습을 보게 되자 왠지 모르게 마음이 짠하였다.

이명박과 김상희는 K대 61학번 동기생이고 나는 그들의 1년 후배였다.

김상희는 그때 막 이름을 드러낸 신인가수였다. 학교 본관 앞라이락 나무 밑에 서 있었는데 초록빛 블라우스를 입고 한쪽 손에 책을 든 매우 청순한 모습이었다.

김수명이란 친구가 그녀를 손짓해 가리키며 "쟤가 법학과 김상희야." 하고 일러주어서 처음 보았다.

학교 다닐 때 나는 친구들을 따라서 시위에 많이 참여했다.

"여러분, 의정부에서 미군이 우리 양공주의 머리를 강제로 깎았다고 합니다. 주권국가의 국민으로서 이런 치욕을 당해야만 합니까? 조속한 한미행정협정 체결을 위해 일어섭시다!"

한 학생이 힘차게 외치자 "옳소, 나갑시다!" 하고 우리는 정문에 처진 철조망을 젖히고 거리로 뛰쳐나갔다.

데모 행렬이 안암동 로터리를 지나 대광고등학교에 이르자 지금껏 앞장섰던 주동자들은 슬그머니 뒤로 빠지고 대신 나같이 어리숙한 사람이 맨앞에 서게 되었다. 이때 동아일보 기자의 사진기에 내 얼굴이 찍히는 바람에 형사가 집까지 찾아온 적도 있었다.

데모할 때마다 경영과 학생회장이던 이명박의 이름이 자주 오르내렸으나 정작 그를 본 기억은 한 번도 없었다.

(2018. 3. 25.)

아름답고 슬픈 월정사

부처님 오신 날 TV에서 오대산 월정사(月精寺)를 소개하고 있었다. 그것을 보는 순간 잊고 지냈던 아픈 기억이 머리에 떠올랐다.

대학 3학년 때 나는 불교학생회의 일원이었다. 어떻게 사는 것이 바른 삶인가를 고뇌하던 시절 부처의 삶을 본받기 위해서 아니, 그 모임에 국문과 여학생들이 많이 있어서 참여하게 되었다는 게 더 솔직한 표현일 것이다. 그들 중에 선배라며 유독 나를 따랐던 눈매가 고운 여학생이 있었다.

여름방학을 맞아 동아리에서 월정사로 MT를 가게 되었다. 나는 사정상 가지 못하고 떠나는 그들을 학교에서 배웅하였다.

그 다음날 나는 여느 날과 같이 통금이 해제되는 시각에 맞춰 집에서 재배한 각종 야채를 리어카에 싣고 청량리 시장에 나갔고, 낮에는 등어리가 햇볕에 익도록 밭에 나가 고된 노동을 하였다.

방학 때마다 하는 일과였다.

MT를 떠난 이들은 그날 계곡을 가로질러 이곳저곳을 답사하고 숙소로 돌아오는 길이었다. 한낮에 쏟아진 소나기로 인해 계곡물이 많이 불어났지만 아침에 건넜던 데고 또 서로 손을 마주잡는다면 이까짓 물쯤이야 하고 얼마간 방심했으리라. 이때 물속을 세차게 구르던 돌멩이가 누군가의 발등을 세차게 때리는 바람에 잡았던 손을 그만 놓쳐 학생들이 격류에 떠내려가는 대참사가 발생하였다. 꽃다운 생명 다섯이 그렇게 죽었다. 그 주검 속에 그녀가 있었고 화장장 화구 앞에 놓인 영정은 웃는 얼굴이었다.

"이것아, 웃지나 말지."

친구들의 울음소리가 한껏 높았다. 나 또한 각별했던 후배의 죽음에 매우 큰 아픔을 느꼈다.

이와 관련된 또 다른 일이 있었다.

지도교수로 이들과 동행했던 이는 저명한 철학교수였다.

눈앞에서 순식간에 동료들을 잃어버린 학생들이 교수에게 다그쳐 물었다.

"선생님, 인간의 삶을 연구하는 이로서 이럴 때 무슨 말이든 한 말씀 해주셔야 하는 것 아닙니까?"

교수는 이에 대해 아무 말도 못하고 얼어붙듯 그대로 벙어리가 되어 버렸다. 지도교수가 입을 열고 다시 말을 시작하게 된 것은 그로부터 수년이 지난 뒤였다.

월정사는 유서 깊은 명찰(名刹)이지만 나에게는 회억하기조차 괴로운 차라리 아수라였다. 나를 애틋이 따르던 한 여학생과 존경하던 스승의 말(言)을 한꺼번에 앗아간 곳이기 때문이다.

(2018. 5. 22.)

강화도 삼경(三景)

1

아내는 이따금씩 강화도를 즐겨 찾는데 그때마다 가는 곳은 항시 일정하였다. 광성보(廣城堡)에서 한 시간가량 숲길을 걷다가 점심때가 되면 근처에 있는 '욕쟁이 할머니집'에 들러 꽁보리밥을 먹는다.

그다음으로는, 풍물시장에 가서 순무김치와 이것저것 식자재를 산 뒤 2층에 있는 수수부꾸미집으로 간다. 그 집주인은 오십 대 후반의 여자로, 말이 다소 어눌했지만 꾸밈이 없고 순박한 사람이어서 아내가 무척 좋아하였다.

아내가 끝으로 들르는 곳은 동검도(東儉島)에 있는 소극장이다. 시나리오 작가이자 로맨티스트인 주인장은 상당히 많은 영화 필름을 소장하고 있었다. 이곳에서 오래된 명화 한 편을 감상하고 귀가를 서두르는데 이때 강화도의 산과 바다는 온통 아름다운 석양빛으로 곱게 물든다.

아내에게 강화도는, 일상에서 오는 스트레스와 피로를 풀고 조용히 머리를 식히는 휴양지 같은 곳이다.

2

어느 날 오랜 친구인 민항기가 강화도로 바람을 쐬러 가자고 찾아왔다. 새로 뽑았다는 신형차로 나를 데려간 곳은 평화전망대였다. 아스라이 바라보이는 수평선 너머로 북한 땅이 손을 뻗으면 금방이라도 닿을 듯한 지척에 있었다.

친구는 손가락으로 한 시 방향을 가리키며 그곳이 어머니 고향인 개풍군이라고 감회어린 어조로 말했다. "개풍군? 박완서 선생님도 거기신데⋯." 하고 내가 말하자, "그래, 한고향이셔." 하고 친구가 말을 받았다.

민항기는 황해도 평산이 고향으로, 1·4 후퇴 때 임진강을 건너 남으로 온 실향민이다.

최근에 부모님 묘를 화장하여 넋이나마 고향 땅으로 가시라고 이곳 앞바다에 뿌렸다.

전망대를 내려오며 근무 중인 해병대 사병에게 초코파이를 선물로 건네자 병사가 우렁찬 목소리로 경례를 올렸다.

친구가 다음으로 나를 안내한 곳은 고려궁지(高麗宮址) 근처에 있는 한 음식점이었다. 그는 주인에게 '젓국 갈비'를 주문하였다. 야채와 두부 그리고 돼지갈비를 새우젓으로 간을 맞춰 끓인 요리였다. 돼지고기 특유의 기름기가 없이 맑고 담백하며 시원한 맛이 났다.

나는 난생처음 먹어본 음식이라 의아했더니 친구는 어머니가 자주 해주셨던 황해도 요리라고 설명했다.

황해도 요리가 어떻게 강화도에서…? 이곳은 예전에 고려 왕도(王都)였고, 또 6·25 때 황해도 사람이 대거 이곳으로 피란 와서 정착했기 때문에서가 아닌가 하고 추측해 보았다.

친구는 어머니 생각이 날 때마다 이곳을 찾아와 젓국 갈비를 먹는다고 했다. 예전에 어머니가 해주셨던 음식 맛을 오래도록 잊지 않고 기억한다는 게 놀랍게 생각되었다.

친구 민항기에게 강화도는, 고향을 멀리서나마 바라볼 수 있고 황해도 음식을 통해 어머니를 회억케 하는 매우 애절한 마음의 고장이 아닌가 싶다.

3

우리 성당의 한 자매님은 강화도의 한 농가에서 먹거리를 다 해결한다고 했다. 한번은 자매님을 따라 그 농장에 따라 갔다가 집 뒤에서 두릅을 꺾어온 뒤로 순후한 인심에 호감이 가 우리도 그 집 단골이 되었다.

시금치를 사러 가면 파와 상추도 덤으로 얹어주었다. 우리는 그 집에서 야채 뿐만 아니라 감자와 속 노란 고구마, 가을에는 쌀까지 샀다.

그 농가는, 조선 후기의 대학자 이건창(李建昌) 생가 바로 앞에 위치하였는데 매번 농산물 사는 데만 정신을 쏟은 나머지 정작 그곳에 대해서는 별반 관심을 갖지 못하였다. 그러다가 어느 날 김병종의 『화첩기행』을 읽다가 거기에 적힌 내용을 보고는 정신이 번쩍 들었다.

(이건창은)… 가팔랐던 이 나라 근대사의 불길 속을 부릅뜬 눈과 표표한 걸음걸이로 걸어갔던 사람, 밖으로는 외국 열강들이 침 흘리며 옥죄어 오고 안으로는 권문세가의 부패가 극에 달하던 시절에 서슬 퍼런 글로 시대의 미친 바람을 꾸짖었던 사람.

김병종의 맵짠 이 글은 잠자고 있던 내 역사의식을 일깨워 주는 마중물이 되었다. 그로부터 나는 강화도 이곳저곳의 유적지를 부지런히 찾아다니는 한편 관계서적을 탐독하기 시작하였다.

나에게 강화도는, 비통한 한국사의 생생한 현장이었다.

(2019. 4. 20.)

왕비의 눈물

중종반정(中宗反正) 후 연산군은 유배지 강화도에서 이내 죽고 거기에 초라히 묻혔다. 세월이 흐른 어느 날 왕비 신씨는 홀로 연산군의 묘를 찾았다. 그런데 이게 웬일인가. 눈앞의 정황은 차마 눈을 뜨고 볼 수 없을 만큼 참담하였다.

아들도 죽고 없어 제사도 못 지내는 판에 묘까지 이 모양이니 왕비의 눈에서는 피가 솟았다. 왕에게 편지를 썼다.

전하, 평안하시옵니까. 연산의 비 신가(愼哥)입니다.

추석을 맞아 지아비에게 물이라도 한 잔 올리려고 강화 교동에 갔다가 실망과 슬픔을 가득 안고 돌아왔습니다. 묘소는 돌보는 이 없어 잡초들이 키가 넘게 솟아났고 장마에 한쪽 귀퉁이는 무너져 내렸습니다. 또한 강화나루에서는 관헌들이 패악을 부려 큰 욕까지 보았습니다.

지아비는 지은 죄 탓으로 그렇다 치더라도 무고한 세자와 왕자만이라도 살아 있었다면 제가 이런 푸대접을 받았을까, 대궐에서 쫓겨날 때 기둥에 머리를 부딪쳐 자진하지 못한 게 천추의 한이 됩니다.

전하, 사사로운 정으로 치자면 제가 큰형수 아닙니까? 몸도 성치 못한데 앞으로 물길 험한 그곳에 몇 행보나 할는지 눈앞이 아득하옵니다.

마지막으로 청컨대, 전하 형님 묘를 제가 돌볼 수 있도록 본가가 있는 경기도 양주군 해촌으로 이장해 주시기를 눈물로 앙망하옵니다.

중종은 왕비 신씨의 서간을 받고 느끼는 바가 있었던지, "소원대로 들어주고, 군(君)의 예로 개장토록 하라."고 명하였다. 당시 경기도 양주군 해촌은 지금의 서울특별시 도봉구 방학동이다.

연산군은 갖은 악행으로 말미암아 역사에 큰 오명을 남겼지만 부덕을 지닌 왕비 덕택으로 부부가 함께 잠들 수 있게 되었다.

여러분, 사람은 겉모양이 아니라 왕비 신씨처럼 속마음이 곱고 용기 있는 사람이 좋은 사람이 아닐까요?

《시와동화》 2019 겨울호

큰 산 같은 스승

— 정한숙 선생님 탄신 백주년을 추념하며

　대학입시를 앞두고 지망학과를 고민하였다. 그때 우연히 신춘문예 소설작품집을 보게 되었는데 수록된 작가들의 이력을 살펴보니 정연희, 전광용, 정한숙 등 제씨들이 모두 국문과 출신이었다. 나는 작가가 되기 위해서는 그래야만 되는 줄로 알고 서슴없이 국문과를 선택하였고 책에 실린 작품으로만 뵙던 정한숙 선생님을 드디어 학교에서 만나게 되었다.

　'소설창작론' 시간에 선생님은 작품 한 편씩을 제출하라는 과제를 주셨다. 친구들은 5, 60매씩 두툼한 원고뭉치를 자랑스럽게 냈는데 나는 고작 일곱 매 분량의 콩트를 내고는 학점 걱정을 하게 되었다. 그런데 이게 웬일인가, 선생님은 나에게 99점을 주셨다.

　그로부터 현대시, 고전문학, 한문학 강의는 다 젖혀놓고 오로지 선생님 강의만 찾아다녀 3·4학년이 되어서도 1, 2학년 과목을 계속해서 수강하고 도서관에 파묻혀 소설책만 읽어 댔다. 오죽하면 도서관에 상주하는 나를 두고 주위에서는 고등고시를 준비하는 법대생으로 알았을까.

당시 선생님 댁은 서울 삼선동 성곽 밑에 있었다. 한 달에 한 번 정도 습작품을 써서 선생님 댁을 찾았다. 그러면 다음 주 후배들 소설창작론 시간은 내 글을 읽고 토론하는 것으로 채워졌다. 그러나 문장은 어떤지, 구성은 잘 되었는지, 인물이나 사건의 서술은 적절한지, 아니면 배경 묘사는 그럴듯한지… 그런 구체적인 지적은 없이 선생님은 언제나 작품 전체에 대한 느낌만을 간단히 말해 주실 뿐이었다. 그리고는 작가가 되려면 데뷔에 급급하지 말고 원고지 만 매 정도는 채우라는 것, 소설가가 되기 전에 우선 사람이 될 것을 누누이 강조하셨다.

매년 겨울이면 신춘문예 열병을 앓았고 틈만 나면 문예지 추천을 기웃거렸으나, 등신대의 원고지를 채우지 못해서였는지 아니면 인간이 덜떨어진 탓이어서인지 학교 졸업 때까지 광화문(조선일보사와 동아일보사가 그곳에 있었다.)에 이르지 못하고 종로 4가 광장시장 어간에서 머물렀다. 그 뒤 군대를 제대하고 집안이 경제적으로 파산되는 바람에 작가의 꿈은 자연 접고 생활전선에 뛰어들어야 했다.

첫 번째 직장은 한 국가정보기관이었는데 내 임의선택이라기보다는 군대 재직 시 그곳에서 보초를 섰던 기연(奇緣)으로 그냥

주저앉게 되었다고나 할까. 내 적성과도 맞지 않고 또 세인들의 이목도 곱지 못해 고민했는데 선생님께서 이런 말씀을 해주셨다.

"어디에 있느냐가 아니라 거기에서 어떻게 하느냐를 중시(重視)하는 사람이 되도록 하여라."

선생님의 이 가르침은 훗날 내 인생을 관류하는 생활철학으로 굳게 자리 잡게 되었다.

취업 2년이 되던 해 결혼을 하게 되어 선생님을 주례로 모실 요량으로 댁을 방문하였더니 사모님께서, '우리 집 양반은 50 전에는 주례를 안 서신다'고 했다는 완강한 어조였다. 나는 선생님께서 주례를 서지 않으시면 결혼을 안 하겠다고 호기를 부리며 청첩장에 선생님 성함을 그대로 인쇄하여 갖다 드렸다.

돌이켜 보니 그때 선생님 연세는 48세였다. 결국 선생님께서 첫 번째로 내 주례를 서주셨는데 그 일을 나는 매우 자랑스럽게 생각한다.

그때 선생님의 말씀은 간단명료했다.

"신랑은 사회를 밝히는 등불이 되고 신부는 부엌의 소금이 되라."

그것이 전부였다. 지금 생각해 보아도 이렇게 짧고 함축적인 주례사는 다시없지 않을까 믿어진다.

그 후 맏딸을 낳고 3년 다니던 공무원 생활을 청산하고 고생고생하다가 뒤늦게 전문대학 교원이 되었다.

학교생활을 하면서 선생님의 말씀을 좇아 2년제 대학 교수라는 열등한 생각을 일체 하지 않고 오로지 그곳에서 어떻게 하느냐에 관심하여 학문연구에 몰두하였다.

　그리하여 엄혹한 시대에 처음으로 월북작가 이태준 연구의 길을 열었다.

　첫 번째로 쓴 논문을 선생님께 보여드렸더니 김인환 교수와 더불어 큰 격려를 해주셔서 그 뒤 20여 권의 저술을 내는 연구가로 서게 되었다.

　선생님은 우리들에게 '돼지처럼 먹고 소처럼 일하고 학처럼 늙어라'는 말씀을 자주 하셨다. 그 가르침을 받아 그간 돼지처럼 먹고 소처럼 일하는 시늉은 했는데 요즘 나이를 먹다보니 학처럼 늙는 일은 아무래도 어려울 듯싶다.

　정한숙 선생님, 소설가·대학교수 그리고 학술과 예술행정에 두루 족적을 남기신 분으로 역사에서는 기록하겠지만 내게는 굴곡진 삶의 고비마다 바른 길을 이끌어준, 큰 산 같은 스승이었다.

(2022. 1. 1.)

북한소설에는 '그녀'가 없다

　최근에 양성(兩性) 평등이나 정치적 올바름에서 어긋난다는 이유로 '그녀'라는 말이 많은 사람들로부터 지탄의 대상이 되고 있다 한다.

　먼저, '그녀'의 태생부터 살펴보자.

　신소설(新小說)에서 여자를 일컫는 말로 '궐녀(厥女)'가 더러 쓰인 적이 있다. 그러다가 근대문학으로 이행하면서 영어의 He, She에 해당하는 인칭대명사로 '그는', '그녀'가 쓰이게 된 것은 김동인(金東仁) 소설에서부터였다. 그러니까 김동인은 한국문학사상 이광수의 계몽주의 문학에서 탈피하여 예술적 문학으로의 전환뿐만 아니라 문장사(文章史)에서도 획기적 업적을 쌓은 작가라 하겠다.

　그로부터 이 인칭대명사가 일반화되었는데 한편으로 '그녀'가 '은' 또는 '는'과 결합할 때 여성을 비하하는 것 같은 뉘앙스를 낳기도

했다. 그래서 일부 작가 중에는 '그녀' 대신 '그니', '그미', '그네' 등을 사용하는 사람도 생겨났다.

근래에 북한소설 － 『꽃 파는 처녀』, 『한 자위단원의 운명』, 『민중의 바다』(원제는 피바다), 홍석중의 『높새바람』, 『황진이』, 림종상의 『쇠찌르레기』, 백남룡의 『벗』, 남대현의 『청춘송가』, 강학태의 『조선의 아들』(원제는 김정호), 김청남의 『력사와 인간』 등을 읽었다. 그리고 이즈음에는 이기영의 대하소설 『두만강』을 읽고 있는데 여기에서도 남자를 지칭하는 '그는'은 엄존(儼存)했으나 여자를 가리키는 말로 (시)어머니·할미·여동생·며느리·마누라·사모님… 등만 있을 뿐 '그녀'는 그 어느 곳에서도 찾을 수가 없었다.

북한에서는 양성 평등과 정치적 올바름이 실현된 탓에 '그녀'를 쓰지 않는 것인지 그 정확한 이유는 헤아릴 수 없다.

그러나, 나는 첫사랑인 '그녀'가 여전히 그립다.

(2022. 1. 15.)

토막생각(1)

도둑

밤새 사람이 모르는 동안에 온 눈을 일러 '도둑눈'이라 한다.

새벽에 신문을 들여오기 위해 아파트 문을 열고 바깥으로 나가니 이게 웬일인가. 남원에 사는 한 인척이 택배로 만두를 보내왔던 것이다.

예전에 어느 시인이, 해방이 도둑처럼 왔다고 노래한 바 있었는데 그야말로 구정 선물이 도둑처럼 왔다.

'도둑'이란 남의 것을 훔치거나 빼앗거나 하는 나쁜 행위를 말하는데 앞의 예에서 보는 것 같이 때로는 갑작스런 행운 같은 신선하고 긍정적인 이미지를 전해 주기도 한다.

새로운 한 해, 올해는 좋은 '도둑' 같은 일이 많이 찾아왔으면 하고 빌어 본다.

똥에게

잘 가라 내 몸이여, 分身이여!
아침마다 나는 슬프나 아름다운 告別辭를 읊는다.

콩나물

얼마 전 감기 몸살을 심하게 앓았을 때 아내가 콩나물 김칫국을 끓여주었는데 그것이 그렇게 맛이 있을 수가 없었다. 그 콩나물은 일반 슈퍼에서 산 것이 아니라 이웃집 은영 어머니가 집에서 손수 기른 것이었다. 오늘도 또 콩나물을 준다고 해서 외출을 서두르는 아내의 등 뒤에 대고 이렇게 말했다.

"매번 받아먹기 미안하니 이번에는 아예 콩을 사주는 게 어떨까?"

예전에 '어우리 송아지'라는, 돈 많은 지주가 가난한 소작인에게 어린 송아지를 사주면 애써 길러 나중에 어미 소가 되었을 때 이익을 나누어 갖던 풍습이 있었다.

은영 어머니에게 콩을 사주고 나중에 우리와 콩나물을 나누어 먹는다면 그것을 '어우리 콩나물'이라 할까, 아니 그것은 '이웃사랑 콩나물'이라 해야 맞다.

세수수건

오늘 아침 우연히 욕실에 걸려있는 세수수건을 바라보다 화들짝 놀랐다. 수건의 아래쪽에는 東亞日報, 다른 한쪽에는 創刊 68周年 1988. 4. 1이라 적혀 있었다. 그러니까 이것은 지금으로부터 34년 전에 동아일보사에서 창간 68돌을 맞아 제작했던 기념타월이었다. 이것이 어떻게 해서 우리 집에 왔으며 또 지금 여기에 걸리게 되었을까.

내 첫 번째 저서인 『이태준연구』에 대한 출간기사가 동아일보에 게재된 것은 지난 1988년 4월 14일이었다. 그때 깊은샘출판사 박현숙 사장의 주선으로 고미석 기자에게 감사 인사를 하러 신문사를 찾은 적이 있었다. 그때 고 기자가 방문기념으로 수건과 몇 가지 회사 홍보물을 주었었다. 그때 받았던 세수수건을 장롱 속에 간직했던 것인데 최근에 아내가 무엇을 찾다가 이것을 발견하고는 '아끼다가 찌 된다'며 내놓아 쓰게 된 것이다.

한 장의 세수수건을 통해서 예전 일을 회억하게 되니 감회가 새로웠다. 그때 신문에 내 얘기가 대서특필되자 지인들로부터 많은 축하인사가 쇄도했음은 물론 학교장 표창까지 받았다. 그 뒤 이태준 연구 공로로 부천시문화상, 복사골문학상을 연속적으로 수상했는데 내 인생에서 큰 상을 받은 것은 그때가 처음이었다.

일견 평범해 보이는 이 세수수건 하나가 나에게는 각별한 의미를

지닌 물건으로 생각되어 다시 세탁하는 대로 나만의 비밀창고에
수장해두리라 다짐해본다.

기적(奇蹟)

　사흘째 되는 날, 갈릴래아 카나에서 혼인 잔치가 있었는데, 예수님의 어머니도
거기에 계셨다. 예수님도 제자들과 함께 그 혼인 잔치에 초대를 받으셨다. 그런데
포도주가 떨어지자 예수님의 어머니가 예수님께 "포도주가 없구나."하였다. 예수님
께서 어머니에게 말씀하셨다.
　"여인이시여, 저에게 무엇을 바라십니까? 아직 저의 때가 오지 않았습니다."
　그분의 어머니는 일꾼들에게 "무엇이든지 그가 시키는 대로 하여라."라고 말하
였다.

　요한복음 2장 1~5절에 나오는 내용이다.

　혼인 잔칫날은 초대된 손님들에게 술과 음식을 풍성하게 대접
하여 모두의 마음을 기쁘게 해야 한다. 그런데 이 집에서는 준비
했던 술이 다 떨어져 잔치 분위기가 자칫 위축될 위기에 놓였다.
　옆에서 이를 지켜본 성모님은 매우 안타까웠다. 이를 어쩐다,
한밤중에 먼 곳에 가서 술을 구해올 수도 없는 일이고… 이때 번
개처럼 머리에 떠오르는 생각이 있었다.

그렇다, 예수라면 이 위기를 대처해 나갈 방안을 강구할 수 있으리라.

"얘야, 이 집에 술이 떨어졌다는구나, 이를 어쩌면 좋겠니?"

성모님은 간절한 소망이 담긴 눈길로 예수를 바라보며 말했다.

"어머님, 무슨 말씀을 하시는 거에요, 아직 제 때가 도래하지 않았습니다."

예수는 조용한 말씨로 어머니에게 대답하였다.

"예수야, 나는 네가 예삿 사람이 아닌 대단한 능력자란 걸 잘 알고 있다. 그런데 지금 이웃집 일이 매우 딱하게 되었구나."

성경에서, '네 믿음이… 하였다.'는, 다시 말해 지극한 믿음의 힘이 불가능한 일을 성사시키는 예를 자주 볼 수 있다.

예수님이 카나 혼인 잔칫날에서 보인 첫 번째 기적은 아마도 성모님의 아드님에 대한 무한한 신뢰와 간절한 소망에서 비롯된 것이 아닐까 싶다. 그렇지 않고서야 어떻게 성모님이 일꾼들에게 이렇듯 거침없이 말할 수 있었을까.

"무엇이든지 그가 시키는 대로 하여라!" 아멘.

(2022. 1. 30.)

토막생각(2)

갈퀴질과 참빗질

이기영의 대하소설 『두만강』에는, "…'합방' 전에는 이조 양반들이 갈퀴질로 백성들을 긁었다면 오늘 왜놈들은 참빗질로 싹싹 하고 있는 셈이지요. 그전에는 그래도 좀 어수룩한 구석이 있었는데 지금은 개가 핥은 것처럼 아주 빤빤하니까요."라는 매우 주목할 만한 내용이 나온다.

예전 토착 양반들에게는 '어수룩한 구석' 즉 얼마간의 인정적인 면이 개재되어 있었다. 겨울이 가고 차츰 날이 따뜻해지면 소작인의 아낙들은 산과 들로 돌아다니며 각종 봄나물을 캐어 지주네 집에 가져갔다. 그러면 후덕한 주인마님은 그들의 딱한 처지를 알아차리고 보리 됫박이나 된장·간장 등속을 주었을 뿐만 아니라 그들

부모의 장례 또는 자녀의 혼사 등으로 진 빚을 얼마간 탕감해 주기도 하고 추수마당에서 나온 검부러기를 가져다 먹는 것을 묵인하였다. 이같은 인간적인 배려로 굶주린 삶이나마 그런대로 연명할 수 있었다. 그러나 토착 지주를 대체하여 새로운 주인이 된 일제(日帝)는 그렇지 못했다.

문서에 약정된 그대로 비정하게 집행하는 바람에 솥이나 밥그릇 같은 집기는 물론 살고 있던 집마저 빼앗아 결국 소작인들은 삶의 터전을 떠나 도시 빈민으로 전락하거나 아니면 정처없는 타국으로 이민의 길을 떠날 수밖에 없었다.

일제 식민지하의 궁핍한 시대상황을 극명하게 지적한 '갈퀴질'과 '참빗질'이란 말이 오늘따라 아프게 가슴에 와 닿았다.

떡국

구정 전날 어스름 무렵에 같은 문학회 회원인 ㅇ 선생이 떡국떡을 선물로 가져왔다. 떡국떡이라면 성당이나 아파트 부녀회에서 명절 전후해서 판매했던 칼로 썬 흰떡 그것도 시꺼먼 비닐봉지에 든 것을 연상하기 쉬운데 이것은 그것과는 전혀 달랐다. 색깔도 빨·주·노·초… 무지갯빛을 띠었을 뿐만 아니라 종이박스로 아주 예쁘게 포장되어 있었다.

이 선물을 받고 젊은 세대들의 남다른 감각에 감탄을 금할 수 없었다.

나이든 사람들은 내용물의 양에만 관심한데 반해 젊은이들은 소비자들의 눈길을 끌만한 새로운 상품 개발에 주력했던 것이다.

늙으면 죽어야 해, 이렇게 톡톡 튀는 아이디어를 가진 신세대들과 어떻게 경쟁을 하며 살 수 있단 말인가. 나는 심한 자괴감이 들었다.

2022년 설날이 밝았다. 아들·손주·며느리 들이 다 모여 정성스레 차례를 올린 뒤 함께 아침을 드는데 어제 선물로 받았던 무지개빛 떡국이 나왔다. 그런데 식사를 마친 식구들은 한결같이 떡국이 맛이 없다는 불평이었다. 명절을 마치고 각자 제 집을 돌아갈 때 며느리에게 먹고 남은 떡국떡을 가져가라고 했더니 손사래를 치며 극구 사양하였다.

나는 며느리의 그 완강한 손길을 보며 문득 생각하였다.

'그래, 문제는 본질이야! 무지갯빛 가래떡, 예쁜 종이박스도 좋지만….'

(2022. 2. 2.)

화냥년은 없다

병자호란 때 청나라로 끌려갔던 여인들이 정절을 잃고 다시 조선으로 돌아오자 그들을 '고향으로 돌아온 여인'이라는 뜻의 환향녀(還鄕女)라 불렀고 이에서 연유하여 '화냥년'이란 비속어까지 생겨났다.

위정자들은 그들을 몸을 더럽힌 계집이라고 손가락질하였을 뿐만 아니라 아무도 상대해주지 않았다.

최근에 박건삼의 『품위 있게 사는 7가지 방법』을 읽고 특히 다음 내용에 깊은 인상을 받았다.

칭기스칸은 싸움에서 진 어느 해 아내를 약탈당했다. 그 후 칭기스칸은 그 부족과 다시 싸워 이겼고 다시 만난 아내는 적의 아이를 품은 만삭의 몸이었다. 형제 같은 부하들은 그녀를 버려야 한다고 주장했다. 그러나 칭기스칸은 적의 아이를 낳아야 했던 여자를 다시 아내로 받아들이고 반대했던 부하들을 설득했다. 지켜줘야 할 때 지켜주지 못해 생겨난 일이기 때문에 아내의 책임이 아니라는 거였다. 그는 아내가 낳은 아이를 자신의 아이로 받아들였다. 자기의 여자가 낳았으니 자기 아이라는 거였다.

앞서 지탄했던 '화냥년'이란 결국 폐쇄적인 유교 이념에 사로잡히고 비겁했던 당시 위정자들이 만들어낸 것이고 정작 책임을 져야할 사람은 힘 없는 여인을 지켜내지 못한 바로 그들임이 칭기스

칸의 말을 통해서 더욱 명명백백해졌다.

하룻밤

하룻밤을 자도 만리성을 쌓는다는 말이 있다. 여기에서 말하는 이 '하룻밤'이 오늘날에는 세대별로 각기 다르게 이해되는 듯싶다.

구세대 사람들은 무겁게 받아들이는데 반해 신세대 사람들은 매우 가볍게 생각하는 것 같다.

1960년대에 출간된『한국전후문제작품집』(신구문화사)에 수록된 한 단편소설에서 여자주인공이 남자를 향해 "너하고 하룻밤을 잤다고 네 것인 줄 아니?"하는 내용이 나온다.

오늘날에는 별 대수롭지 않게 생각될 이 말이 당시에는 전후(戰後)의 변화된 성 윤리를 반영한 말로 많은 사람들에게 큰 충격을 주었었다.

당시 사람들은 어떤 여자와 하룻밤을 잤다고 하면 책임을 지고 의당히 결혼해야 하는 것으로 알았기 때문이다.

엊그제 <기상청 사람들>이란 TV 드라마를 보니 이런 내용이 나왔다.

연인을 빼앗기고 같은 처지에 놓인 기상청 두 남녀가 의기투합하여 함께 술을 마시고 하룻밤을 보낸 뒤 아침을 맞는다.

직장 상사이기도 한 여자 주인공은, 어젯밤 일은 천재지변과 같이 일어난 돌발사건인 만큼 어른답게 나이스하게 잊자고 말한다. 이 말을 들을 젊은 남자는 쾌히 동의하며 자기는 한 번 잤다고 사귀자고 할 사람이 아니라고 흔쾌히 대답한다.

평소 내가 생각하고 있던 하룻밤과 요즘 사람들의 하룻밤이 이토록 현격한 차이가 나는 줄 그야말로 '예전에 미처 몰랐다.'

나는 참 많이 늙은 꼰대구나 하는 자괴의 탄식이 절로 나왔다.

(2022. 2. 23.)

토막생각(3)

근검절약

예전에 부천 원미동 연립주택에 산 적이 있었다. 그때 부천에서 서울로 전화를 걸려면 적잖은 시외 통화료를 물었다. 그래서 형제자매를 비롯해서 그 많은 인척·친구들에게 연락하기 위해서는 부득불 김포공항까지 버스를 타고 나가서 한목에 서울 전화를 걸어야만 했다. 가난했던 시절, 한 푼의 돈이라도 아끼기 위해서였다.

40여 년의 세월이 지나고 우리는 50평짜리 아파트에 살게 되었다. 그러나 원미동 시절과 비교하여 살림살이가 크게 나아진 것 같지는 않다. 오늘의 일만 보아도 그렇다.

일산에 사는 처제와 점심 약속이 있어서 집을 나서는데 아내가 한 손에 묵직한 비닐봉지를 들고 있었다. 무엇이냐고 물으니 음식물 쓰레기란다. 버리지 않고 왜 차에 싣느냐니까 우리 아파트에서는 돈을 내고 버려야 하는데 일산에서는 그렇지 않으니 번거롭지만 가는 길에 들고 간다는 것이었다.

그렇게 알뜰하게 굴어서 돈 많이 모았느냐고 물으니 아내는, 땅을 한 자 판들 십 원이 나오느냐는 대답이었다.

이런 얘기를 우리 며느리들에게 들려주면 장한 시어머니라고 칭찬할까 망령난 노인네라고 흉을 볼까.

(2016. 4. 20.)

아아, 62학번

여러 사람들과 대학 시절 얘기를 나누다 보면 제각각 자기들 때 입학하기가 제일 힘들었고 생활 또한 어려웠다고 말들 한다. 지금 이 얘기를 하고있는 나 또한 예외가 아닐 것이다.

그러나 다른 일 다 젖혀 놓고 우리 때는 여학생 없이 남학생들하고만 대학 생활을 했다고 한다면 무슨 태곳적 얘기를 하느냐며 한결같이 의아해할 것이다.

이공계 학과도 아니고 문과대 그중에서도 국어국문학과에서. 그러나 우리 62학번은 정말로 그랬다.

남녀간의 성차(性差)가 두드러지게 큰 것도 아닌데 어떻게 해서 그런 일이 있었을까. 그것은 다름 아닌 대학 입시 제도의 모순에서 비롯된 것이 아닐까 싶다.

62학번(學番 : 같은 해에 입학한 학생들에게 입학 연도를 고유 번호 삼아서 붙인 번호)은 5·16이 발발한 이듬해 대학에 입학한 사람들이다.

당시 대학 행정에 부정이 많다고 하여 '군사정부'에서는 이를 바로잡자는 취지에서 오늘날 수능에 해당하는 '국가고시'를 처음으로 시행함과 동시에 여기에 더하여 100m 달리기, 턱걸이, 제자리에서 멀리뛰기, 던지기(좌·우)를 하는 체력장을 부과하였다. 그러니까 국가고시 성적과 체력장 점수를 합한 것으로 합격자를 가렸다. 이 과정에서 학과 점수는 우수하나 신체가 허약하여 체력이 수준에 미치지 못하는 경우 가차없이 불합격 처리되었다.

그 체력장 점수가 무려 50점이나 되었다. 이때 여자 수험생들의 체력장 점수가 남학생에 비해 상대적으로 열등하게 작용했던 것 같다.

아무튼 이렇게 하여 당시 명문 대학으로 일컬어지던 S대 (정원 20명), Y대 (정원 40명) 국문학과에는 여학생이 하나도 없고, 오직 K대 (정원 40명)에서만 단 1명이 합격하였다. (당시에 K대 입학정원은 800여 명 남짓, 이중 여학생 합격자는 8, 9명에 불과했다.) 그러니 대학에 입학하여 여학생들과 연애도 하고 젊음과 낭만을 한껏 구가하겠다고 꿈꾸어 온 사람들에게 있어 62학번의 대학 생활은 그야말로 삭막한 사막의 길을 걷는 대상(隊商)의 꼴이 아닐 수 없었다.

우리 상말 속담에, 재수 없는 년 봉놋방에 가 누워도 고자 곁에 가 눕는다는 말이 있는데 62학번은 지지리 재수가 없는 그런 개떡 같은 학번이었다.

아아, 62 통한의 학번이여.

어느덧 60년 전의 옛이야기이다.

(2022. 10. 4.)

자두

군대 생활할 때였다. 수도경비사 소속 헌병으로 통금 시간마다 중앙청 앞에서 초계임부를 수행하였다. 중앙청 경계와 더불어 청와대 앞으로 진입하는 차량에 대한 검문 검색을 실시하는 일이었다.

그런데 어느 날 이상한 일을 한 가지 발견하였다. 자하문 밖은 대구 사과, 안양 포도, 소사 복숭아가 유명하듯 자두 산지로 이름난 곳이었는데 별스럽게도 주말이면 그곳으로 자두를 잔뜩 적재한 차가 수없이 많이 들어갔다.

대학을 졸업하고 갓 입대한 신출내기 사회인의 눈에 그 사실이 매우 기이하게 생각되었다. 쉬는 날마다 몰려드는 사람들의 수요를 감당할 수 없어 외부에서 자두를 들여와 충당해야 한다는 경제 이치를 깨닫는 데는 그로부터 상당한 시간이 소요되었다.

나는 그런 과정을 거쳐 점차 어른이 되어 갔다.

(2022. 10. 19.)

감

성남에 사는 한 인척이 감을 한 박스 보내 왔다. 우선 보기에 시원치 않았다. 백화점에서 파는 여느 물건과는 비교할 수 없을 만큼 몹시 거칠고 표면이 얼룩투성이었다.

처음에는 감값으로 얼마쯤 보내 주리라 마음먹었는데 정작 택배로 온 물건을 받아 보고는 그 생각이 쑥 들어가고 말았다. 그런데 며칠 지나고 보니 그 감이 진홍색을 띤 멋진 감으로 탈바꿈하고 있었다. 감은 땡감이 아니라 연시였던 것이다.

이 일을 계기로 한 가지 사실을 새삼 깨닫게 되었다.

세상 일을 선입견으로, 첫인상만으로 성급하게 단정, 속단해서는 안 될 성싶다.

성남 인척네 감값 보내는 일을 다시 생각해야 할 것 같다.

아 참, 세상 살기 참 힘들다.

(2022. 10. 20.)

토막생각(4)

원원조

한 친구와 음식거리에서 빈대떡을 안주삼아 막걸리를 한 잔 걸치고 칼국수로 점심을 먹었다. 그 집의 상호는 '원조 강원도집'이었다.

원조(元祖)?

주위에서 음식 맛이 좋기로 소문난 '강원도집'이 우리집이다. 대충 그런 뜻을 상호가 함축하고 있는 듯했다. 그런데 잠시 살펴보니 그 옆집 상호는 '원원조 강원도집'이었다.

어떤 이가 저희가 '강원도집'이라고 떠드는데 원래 유명한 '강원도집'은 다름아닌 바로 우리집이다, 그런 뜻이리라.

예전에 '기름'이 있었다. 엉터리가 생기자 '참기름'이라 하였다.

'참기름'이 판치자 '진짜 참기름'이라 하였다. 진짜 참기름이 우후죽순으로 생겨나자 이번에는 '순 진짜 참기름'이 나타났다.

여야(與野)가 싸움을 일삼고 국민의 뜻을 저버리자 그들과 다른 '무소속'이라 칭하는 정치인들이 나타났다. 너나없이 '무소속'이라 자처하자 이번에는 '순 무소속', 이어서 '진짜 순 무소속'이 거리를 활보하였다.

어느 유행가 가사처럼 '짜가가 판치는' 세상에 공허한 언어만 범람하고 있다.

참세상이 그립다.

(2015. 2. 12.)

명함

역곡에 있는 한 소머리국밥 집에서 옛 동료들과 점심을 먹는데 옆 테이블에 앉은 B신문사 기자가 무슨 말말끝에 당신네 사장이 지금 관계하고 있는 일이 자그마치 38군데가 되고 그중 회장을 맡고 있는 곳만도 여섯 개가 된다고 자랑하였다.

그 얘기를 귓결에 듣고 문득 그의 명함에 적힌 직함을 읽는 데만도 상당한 시간이 걸리겠구나 생각했다.

나는 학교를 퇴직한 뒤 명함 없이 살고 있다. 처음 만난 사람들과 인사를 나눌 때 상대방의 명함을 받고 머쓱해진 경우가 더러 있기는 했지만 그렇다고 별반 두드러지게 드러낼 사항도 없는 터수여서 그냥저냥 지내고 있다.

언제쯤 소용이 닿는다면,

문학을 사랑하는 사람 민 충 환

그리고 뒷장에 전화번호와 이메일 주소가 적힌 단출한 명함 한 장 갖고 싶다.

(2016. 9. 6.)

개

지난여름 몇몇 친구들과 함께 점심을 먹기 위해 길가의 한 음식점에 들어갔다. 가고 보니 보신탕집이었다. 뚱뚱한 체구의 주인장이 우리에게 무엇을 들 것이냐고 물었다. 이윽고 그가 주방에 대고 이렇게 소리치는 게 아닌가.

"개 둘 닭 하나!"

졸지에 나는 개가 그리고 다른 친구는 닭이 되었다.

그날 이후로 나는 개장국을 들지 않기로 굳게 다짐하였다. 최소

한 개 같은 사람은 되지 말아야겠다는 자존감 때문이었다.

(2017. 9. 25.)

나무 수저

설악산으로 봄맞이 여행을 갔다. 콘도에서 아침을 먹으려는데 친구가 뜬금없이 나무 수저를 내놓았다. 이곳에서 나오는 것을 쓰자니 왠지 불결한 생각이 들어서 직접 사왔다는 대답이었다.

보자니 '다이소'에서 천 원을 주고 산 Made in China였다.

'별것 아니잖아?'

나는 속으로 생각했다.

그때 친구는 내 생각을 읽었는지 다음 말을 이었다.

"이거 바오밥나무로 만든 거야."

"뭐? 바오밥나무라구?"

나는 놀라서 물었다. 바오밥나무라면 『어린왕자』에 나오는 나무였기 때문에 그것이 돌연 아주 귀하게 생각되었다. 친구의 나무 수저는 이제 천 원짜리 하찮은 물건이 아니었다.

(2018. 4. 21.)

1944년 (음력 3월 15일) 서울 성북구 상월곡동 86번지에서 부친 민형식閔亨植과 모친 염금분廉今分 사이에서 큰아들로 태어남.

1950년 서울 장위국민학교 입학.

6·25 전쟁 때 충남 천안시 광덕면 매당리로 피란.

1954년 서울 종암국민학교로 전학.

1956년 서울 광신중학교 입학.

1959년 서울 휘문고등학교 입학. 재학시 서희건 (전 조선일보 문화부장)과 문예부 활동.

1962년 고려대학교 국문과 입학. 서울대·고대·연대·이대·숙대 등 5개대 연합동아리인 '문우회'를 결성, 부회장 역임.

정한숙 선생 문하에서 소설을 공부함.

1966년 대학 졸업 후 곧바로 입대.

1969년 육군 병장 제대 (수도경비사령부 제62헌병중대).

국가공무원 임용.

1970년 강자녀姜慈女와 결혼. 슬하에 들레(장녀)·홍기(장남)·승기(차남)를 두고, 이경민·경현(외손)·민규리·찬우·주하·현우(친손) 6명의 손자를 봄.

1972년 국가공무원 사직, 문학의 꿈을 버리지 못하고 3년간 소설 습작에 전념했으나 뜻을 이루지 못함.

1975년 삼촌의 사업 실패로 인해 집안이 파산됨.

생업을 위해 도서출판 문명사·교학사 편집사원, 입시학원 강사, MBC 장학퀴즈 출제위원 등을 역임함.

1977년 소사공고 교사로 부임하며 거처를 부천으로 옮긴 뒤 지금까지 살고 있다.

1979년 부천대학 강사. 인하대학교 교육대학원에서 국어교육 전공.

1981년 부천대학 교양과 전임강사. '교양국어'를 강의하는 한편 학생회 문예부와 학보사를 지도함.

1988년 『이태준 연구』(깊은샘) 출간. 월북작가 해금의 길을 여는 데 작은 기여를 함.

1990년 〈복사골문학회〉에 입회. 《부천문단》창간호에 '북으로 간 작가 이태준 기행' 발표, 문학회에서 강정규·구자룡·박수호·김원준·정창배·이천명·안금자·강예숙 등과 교유.

1991년 산문집『우린 그간 얼마나 더 행복해졌는가』(백산출판사) 출간.

1992년 이태준 연구 유공으로 부천시문화상(학술부문) 수상.

『이태준 소설의 이해』(백산출판사), 이태준 단편집 『해방전후』(창작과비평사) 출간.

1993년 복사골문학상 수상,『꽃은 웃지만 소리가 없다 - 가려뽑은 북한·연변의 속담』(백산출판사) 출간.

1995년 부천대학 교수로 승진.

　　　　『임꺽정 우리말 용례사전』(집문당)과 산문집『백두산 질경이』(백산출판사) 출간.

1996년 부천대학 도서관장.

　　　　이태준 연구자들을 규합하여 〈상허문학회〉를 결성, 첫 회장이 됨. 이 모임은 훗날 〈상허학회〉로 발전함.

　　　　〈복사골문학회〉 수필동인 '하우고개'를 만나 지금까지 함께 공부함.

1997년 《시와동화》창간호에 수필「어머니의 놋그릇」을, 이후 100호까지 10여 편의 산문을 발표함.

2000년 『이문구 소설어 사전』(고려대 민족문화연구원) 출간.

　　　　이 사실이《조선일보》등 각 신문에 대대적으로 보도됨.

　　　　부천시 지명위원으로 위촉.

2002년 『송기숙 소설어 사전』(보고사) 출간.

2003년 『박완서 소설어 사전』(백산출판사) 출간.

2004년 이태준 작품집『사상의 월야(외)』(범우사) 출간.

2005년 화갑기념논총 발간

　　　　〈복사골문학회〉회원들과 함께 금강산에 가서 통일기원 시 낭송회 참가.

2006년 『온 즈믄 골 잘』(백산출판사) 출간.

2007년 김정한 소설선집『낙일홍』(경덕출판사) 출간.

2008년 『주해 명정 40년』(산과들) 출간.

수주문학제 운영위원장 선임.

중국 황산 여행.

2009년 부천예술공로상 수상.

『한흑구 문학선집』출간. 포항에서 거행된 출판기념회에 참가하고 〈한흑구문학관〉에 많은 자료를 제공함.

『주해 수주수상록』(산과들) 출간.

2010년 부천대학 정년퇴임. 근정훈장 수상.

『달골에서 복사골까지』(백산출판사)와『수주 변영로시전집』(부천문화원) 출간.

2011년 부천향토문화연구소 소장 선임.

『현덕소설집』(인터북스)과, 변영태가 쓴 영시집『Songs from korea』(지식과교양) 출간.

2012년 『한흑구 문학선집 2』(아르고) 출간, 포항에서 거행된 출판기념회에 참가함.

신말수·강석조·안명숙 등과 〈묵자〉 소설모임 결성.

2013년   7순을 맞아 〈하우고개〉 회원들과 함께 설악산 오색 여행.

2014년 『어휘풀이로 읽는 오영수 소설사전』(울산매일신문사) 출간.

울산에서 거행된 제22회 오영수문학상 시상식에서 이 책이 참석자들과 문인들에게 배포됨.

2015년 『최일남 소설어 사전』(도서출판 조율) 출간.

복사골문학회 수필동인 〈포도마을〉 지도.

2016년 〈꿈빛 책사랑〉 모임에 참여, 지역원로들과 월례독서회 가짐.

36일간 캐나다·멕시코 등 여행.

2019년 (사)한국작가회의 부천지부에서 주최하는 〈복사골문학상〉과 〈올해의 부천작가상〉 심사위원으로 위촉됨.

2020년 『이문구 소설어 사전』이 '아로파'에서 재발간됨.

2021년 『박완서 소설어 사전』이 '아로파'에서 재발간됨.

2022년 〈수주문학관〉 건립에 따른 자문위원, 포항에서 거행된 한흑구 학술대회에 종합토론자로 참가.

2023년 정한숙 선생 탄생 백 주년 기념문집에 헌정산문 발표.

나무를 심은 사람
- 팔순을 맞는 민충환 교수님께

강정규(원로작가)

당신을 생각하면 프랑스 소설가 장 지오노(1895-1970)의 『나무를 심은 사람』이 떠오릅니다. 아시다시피 이 작품은 자신의 체험을 바탕으로 쓴 소설로 뒷날을 살아갈 사람들을 위해 아무런 보상도 바라지 않고 헌신적으로 자기를 바쳐 나무를 심은 한 사람의 이야깁니다.

당신은 국문학을 공부한 언어학자로 젊어 한때 작가가 되는 게 꿈이었습니다. 그러나 내가 보기에 이 책『야트막한 동산에 올라서서』속에는 여러 편의 장(掌), 단편이 들어있습니다.

「죄인이로소이다」

「나비효과」

「공원에서 있었던 일」

「막은데미에서」 등이 그것입니다.

나는 솔직히 소설로 시작해서 동화까지 쓴다면서 이만한 감동을 주는 글을 아직 쓰지 못했습니다. 당신은 이미 작가입니다.

　당신은 누가 뭐래도 나무를 심은 사람입니다. 그간 써오신 글로 연구서나 에세이는 물론 그 밖에 수많은 저작들이 있지만 그 가운데 사전류만 해도 한두 권이 아닙니다.

『임꺽정 우리말 용례사전』(1995)

『이문구 소설어 사전』(2000)

『송기숙 소설어 사전』(2002)

『박완서 소설어 사전』(2003)

『어휘풀이로 읽는 오영수 소설 사전』(2014)

『최일남 소설어 사전』(2015) 등이 그것입니다. 이 모두가 훗날 연구자나 문학 애호가들이 정작 필요할 때 그야말로 '사전'으로 펼쳐보게 될 노작들이지요.

　당신은 또한 제2의 고향인 부천을 남달리 사랑하여 여러 가지 일을 자담하였습니다. 정년까지 반생을 채운 부천대학교 교수직은 물론 부천시 지명위원으로, 수주문학제 운영위원장으로, 부천 향토문화연구소장을 역임하셨고, 내밀하게는 지금도 여전히 수필과 소설 창작을 지도하는 복사골문학회의 존경받는 스승입니다.

　이 밖에도 우리 복사골문학회와 부천작가회의 회우들은 오랜 기간 지내오면서 알게 모르게 당신의 영향을 받아왔습니다. 「안중근공원에서」는 당신의 결기를, 「강처중 재평가해야」에서는 당신의 절개를, 「'친일'을 넘어」에서는 편향되지 않는 삶의 자세를, 「한 문장을 쓰는 데 3년이 걸렸다」에서는, 상허 이태준 연구에 바친 당신의 헌신과 학구열을 읽고 배웠습니다. 생전의 이문구 선생 말씀대로 당신은 '진국'입니다.

다시 말하지만, 당신을 보면 장 지오노의 『나무를 심은 사람』을 생각합니다.

우리는 한창 나이 때 나름 나무를 심으며 만났습니다.

우리는 한창 나이 때 글벗으로 만나 지난 반생을 길벗으로 살았습니다.

어쩌다 보니 우리는 '나무를 심는 사람'이 아니라 '나무를 심은 사람'이 되었습니다.

개인적으로 당신은 지난 25년간 《시와동화》 구독료를 잊은 적이 없습니다. 물론 좋은 글도 여러 편 주셨고요. 당신은 이렇게 안 팎으로 이웃으로 살면서 마침내 오늘 '야트막한 동산에 올라서서' 한창 나이 때 심은 나무를 저만치 바라봅니다. 모쪼록 건승을 빕니다.